빨간 머리 앤을
좋아합니다

초록 지붕 집부터 오건디 드레스까지

내 마음속 앤을 담은 그림 에세이

다카야나기 사치코 지음

김경원 옮김

빨간 머리 앤을 좋아합니다

위즈덤하우스

Note for Anne of Green Gables

앤을 무척 좋아하는 여러분에게

《빨간 머리 앤》은 내가 손꼽는 애독서 가운데 가장 오래된 작품입니다.

'앤을 좋아한다'고 말하면 어린애 같다는 인상을 줄 것 같아서 남한테는 절대로 속마음을 밝히지 않았던 시절에도 남몰래 자주 이 작품을 읽었습니다.

세월이 흘러 괜히 그렇게 '뻗대는' 마음도 옅어졌고, 이 작품을 다시 읽어보았더니 결코 유치한 이야기가 아니라는 것을 깨달았습니다.

앤 이야기는 어린 시절에 읽어도 재미있고, 나이가 들어서 읽어도 그때마다 생각거리를 줍니다. 몇 번을 되풀이해서 읽더라도 똑같은 대목에서 웃거나 울곤 합니다. 늘 새로운 발견을 선물해주는 심오한 책입니다.

나는 예전에 잡지에 그림과 글을 싣곤 했습니다. 글과 그림으로 내가 '좋아하는 것'을 묘사할 때면 늘 《빨간 머리 앤》 이야기가 하고 싶어 입이 근질거렸습니다.

　나무, 아침, 아이스크림, 집, 소풍, 깔개, 사과, 상상 등 기회가 있을 때마다 툭하면 《빨간 머리 앤》에 나오는 것들을 그렸습니다.

　이 노트는 내가 이제까지 해온 작업을 모은 것입니다. 앤의 세계를 정말 좋아하니까 마치 앤이라도 된 것처럼 마음껏 수다를 떨어보았지요.

　여러분도 함께 즐길 수 있다면 참 좋겠습니다.

차례

❖ prologue
앤을 무척 좋아하는 여러분에게 6

❖ 에이번리 지도 10
❖ 앤의 꽃 도감 12

초록 지붕 집에 앤이 왔다

앤의 등장 16
앤과 만나다 19
절망의 구렁텅이 24
초록 지붕 집의 아침 27
에이번리의 자연 29
초록 지붕 집 32
나무 35
동쪽 방 38
둥글게 짠 깔개, 직접 만들다 40
건드리지 말아야 할 것 45
바람 51
새 옷 세 벌 54

앤, 영원한 친구를 만나다

단짝 친구가 되기로 맹세하다 58
자작나무 놀이터 60
마릴라의 오해 65
주일학교의 소풍 68
매슈와 마릴라 71
학교로 가는 길 74
오솔길 77
들꽃으로 장식한 모자 80

에이번리의 10월

에이번리의 가을 84
사과 과수원 87
이름 붙이기 93
앤, 학교에 가다 96
유머 99
지하실 102
고사리와 인동덩굴 105
사과 108
가장 좋아하는 번역 111
꿈꾸던 손님 침실 114

앤이 제일 좋아하는 봄

산사나무 꽃 꺾기 118
산사나무에 대한 진실 121
유령의 숲 124
상상력 127
목사님 부부를 초대하다 130
다과회 133
새뮤얼 로슨 상점 136
잡화점 139
퍼프소매가 달린 드레스 143
옷 이야기 145
잊을 수 없는 추억 148

어린 시절이여, 안녕

에이번리의 겨울 153
공부 155
오건디 드레스 158
길버트 161
저녁 무렵 언덕에서 164

몽고메리의 '요정 나라'로

요정 나라의 지도 168
요정 나라의 여권 171
엘리자베스와 앤이 그린 요정 나라 172
작은 엘리자베스 174
몽고메리와 요정 176
요정을 믿니? 178
전나무 숲 '메아리 별장'의 요정 181
스위트 미스 라벤더 183
행복한 나라로 가는 길 189
앤의 나무 도감 192
옮긴이 후기를 읽는 즐거움 195
앤의 말들 199

❖ epilogue
해의 동쪽, 달의 서쪽 202

❖ 부록
이 책에 나오는
루시 모드 몽고메리의 책들 204

앤의 꽃 도감

《빨간 머리 앤》에는 꽃이 많이 나옵니다. 조사해보면 산사나무가 다른 꽃이기도 하고, 그냥 제라늄이 아니라 사과향이 나는 제라늄이기도 하지요. 외국 꽃 이름을 번역하는 일은 까다롭고 어렵습니다.

사향아욱
(Musk-mallow, PINKS)

제비꽃(Violet)

클로버(Clover)

린네풀(Twinflower)

몽고메리는
준벨(JuneBell)이라 부른 꽃.

"이곳은 우뚝 솟은 전나무나 가문비나무가
빽빽하게 늘어서 있기 때문에
언제나 해 질 무렵처럼 어둑어둑했다.
그 주위에 피어 있는 꽃은 여리하고 얌전한
무수한 종덩굴과 작년에 피었던 꽃의
영혼 같은 파르께한 스타플라워뿐이었다."

박하(Mint)

리본그래스
(Ribbongrass)

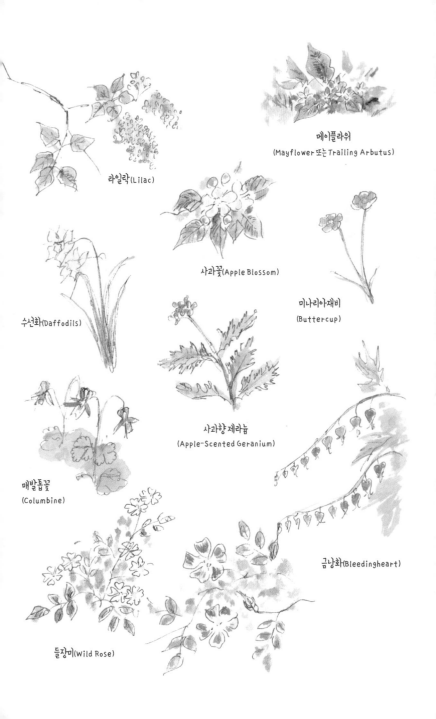

라일락(Lilac)

메이플라워
(Mayflower 또는 Trailing Arbutus)

사과꽃(Apple Blossom)

수선화(Daffodils)

미나리아재비
(Buttercup)

사과향제라늄
(Apple-Scented Geranium)

매발톱꽃
(Columbine)

금낭화(Bleedingheart)

들장미(Wild Rose)

초록 지붕 집에 앤이 왔다

"여자 대합실로 가라고 말해도 바깥이 더 좋다고 진지하게 대꾸하더군요.
툭 트여 있는 바깥에 있으면 공상하기가 더 좋다고요. 평범한 아이는 아닌 것 같네요."

앤의 등장

봄을 맞이한 계절에 앤은 프린스에드워드섬으로 왔습니다.

앤이 자갈더미 위에 앉아 있는 장면을 좋아합니다. 떨어진 곳에 오도카니 앉아 있는
모습이 쓸쓸해 보이는데, 가까이서 묘사한 모습을 보면 어떤 아이일지 궁금해집니다.

넓찍하고 시원한 이마

주근깨투성이

아주 짙은 빨간색
머리카락

커다란 회색 눈은
빛이나 기분에 따라
초록색으로 보이기도

뾰족한 턱

큼직하고 상냥해 보이는
예민한 입매

매슈는 남자아이를 데리러 갔지만
여자아이가 기다리고 있는 모습에 놀라고 맙니다.

앤이 고아원에서 가져온 것은
낡고 허름한 가방 하나.

난 여자아이를 데리러 온 게
아닌데, 남자아이를 데리러
온 건데요.

뭔가 착오가
있었던 모양이군요.

저 애한테 물어보시죠.
스스로 설명해줄 수
있을 것 같은데요.

"아니에요, 내가 들게요.
이 안에는 내 전 재산이 들어 있지만
무겁지 않거든요."

"초록 지붕 집의 매슈 커스버트 씨인가요?"

여자아이는 자리에서 일어나
손을 내밀며 어른처럼
의젓하게 인사를 건넵니다.

가방은 무겁지 않았지만
앤은 많은 것을
갖고 왔지요.

앤
과
만
나
다

내가 《빨간 머리 앤》과 처음으로 만난 때는 열한 살 무렵, 그러니까 마침 앤과 비슷한 나이였습니다. 벌써 몇 십 년이나 흘렀군요.

당시 매달 구독하던 소녀 잡지에 만화로 나온 앤 이야기를 보고 무라오카 하나코(村岡花子, 1893~1968, 최초로《빨간 머리 앤》을 일본어로 옮긴 번역가) 선생이 번역한 《빨간 머리 앤》을 읽었습니다.

앤은 빨간 머리에 주근깨투성이에다 빼빼 마른 모습인데, 상상력이 풍부하고 쉬지 않고 재잘거리지요. 그러는 동안 이것에서 저것으로 끊임없이 생각이 옮겨가지만, 그 생각은 거의 실패해버리는 요상한 여자아이.

앤은 그때까지 내가 읽었던 이야기 주인공과는 아주 성격이 달랐기 때문에 다짜고짜 마음을 빼앗겼습니다.

내가 어릴 적에는 소녀가 주인공으로 나오는 이야기란 하나같이 '여자아이는 착하고 친절하고 인내심이 강해야 해요' 하고 가르치려는 교훈적인 것밖에 없었습니다. 《소공녀》의 주인공 사라는 착한 아이의 전형 같은 소녀이지요. 그래도 이 작품은 이야기가 하도 재미있어서 좋아했습니다. 《작은 아씨들》에 나오는 씩씩한 둘째 조(Jo) 정도가 색다른 인물이었지요.

여하튼 옛날에는 여기저기서 '착한 아이가 되어라' 같은 소리만 들려와서, 아이가 보기에는 '별로 재미가 없네' 싶었지요.

조도 참을성이 많고 짜증을 내지 않는 훌륭한 여성이 되려고 끊임없이 노력합니다. 어른이 되어 이 작품을 다시 읽어보고, '음, 모처럼 개성 있는 모습이었는데 이제 보니 나쁜 성격의 본보기로 삼으려고 일부러 지어낸 것 같군' 하고 불만을 느낀 적도 있습니다.

앤은 자존심에 상처를 입으면 비록 상대가 어른이라도 사정없이 달려들고, 남자아이들과도 싸우고, 명예를 위해 지붕 마룻대를 걷다가 떨어지기도 합니다. 고리타분한 착한 여자아이와는 전혀 달랐지요. 앤도 잘못을 할 때마다 마릴라에게 벌을 받거나 혼나고 잔소리를 듣지만, 그런 일은 부모가 아이의 잘못을 다스리는 것처럼 자연스럽습니다.

앤은 '퍼프소매 드레스'를 입는 시대의 아이지만, 그런 생각이 들지 않았습니다. 나와 똑같이 기뻐하고 뛰놀고 슬퍼하는, 동시대를 살아가는 소녀 같았습니다.

《빨간 머리 앤》에서 앤은 열한 살부터 열여섯 살까지 성장합니다.

나는 점점 자라나는 앤의 성장을 따라가기 어려웠기 때문에 그 후의 이야기인 《앤의 청춘(Anne of Avonlea)》을 갖고 있었어도 좀처럼 책을 펼쳐 들 수 없었습니다.

필시 친구인 앤을 잃은 듯한 느낌이어서 그랬을 겁니다.

마차를 타고 초록 지붕 집으로 가는 동안 앤은 이야기를 멈추지 않습니다.

아저씨, 저기 둑에서 튀어나온 새하얀 레이스 같은 나무를 보고 뭐라고 생각하세요?

어째서 길이 빨갛죠?

글쎄다. 왜 그럴까?

좋아요. 그것도 앞으로 알아봐야 할 것 중 하나군요.

이제부터 발견할 것이 많다는 건 멋지지 않아요?

세상은 아주 재미있는 곳이에요. 만약 뭐든지 알고 있는 것만 있다면 반절도 재미있지 않을 거예요.

가까운 곳에 시냇물이 흘러요?

하지만 내가 완전하게 행복해지지 않는 이유는 이 머리카락 때문이에요.

맞아요. 빨간색이에요.

초록 지붕 집 주위에는 나무가 빼곡하게 늘어서 있다면서요? 난 나무가 정말 좋아요.

앤이 감동에 겨운 나머지 입을 다물어버렸던 사과나무 길

아아, 커스버트 씨, 저 아름다운 건 뭔가요?

평생 슬플 거예요.

앤은 그 가로수 길에 '환희의 하얀 길'이라는 이름을 붙였어요.

매슈는 앤의 이야기가 마음에 들었지만, 툭하면 딴 길로 새는 이야기에 머리가 어질어질해졌습니다.

절망의 구렁텅이

기쁨의 정절에 초록 지붕 집에 도착한 앤, 하지만······

앤은 최고로 비극적인 상황에 처했지만,
마릴라와 앤의 대화가
참 요상합니다.

남자아이는
어디 있어?

매슈,
그 아이뿐이야?

응,
이 아이만 있었어.

자, 자,
그렇게 울 필요는
없단다.

아니에요, 있어요.

"내가 남자아이가 아니라서,
아아, 날 원하지 않아. 어떻게 해야 좋지?
울어버리고 싶어."

그리고 앤은 정말 울기 시작합니다.

"아아, 이렇게
비극적인 일은
없었어."

"이름은 뭐라고 하니?"

"코델리아라고
불러주시지 않겠어요?"

"코델리아라고
불러달라고?
그게 네 이름이니?"

"아니요. 저기,
내 이름은 아니에요.
하지만
코델리아라고
불러주셨으면 해요."

"훌륭하고
우아한
이름인걸요."

"코델리아라는 이름이 아니면
진짜 이름은 뭐니?"

"그래도 말이죠,
부디 코델리아라고 불러주세요.
여기에는 잠시 동안만 있을 테니까
상관없지 않아요?"

"앤은 너무나
현실적인 이름이잖아요."

"현실적이라고? 바보 같구나.
앤이야말로 알아듣기 쉽고 얌전하고,
정말 좋은 이름이야."

 "앤이라는 이름으로 부르시려면
그냥 앤(Ann) 말고
e를 붙인 앤(Anne)으로 불러주세요."

"철자가 어떻게 되든
별로 차이가 없는 것 같은데?"

"어머, 그렇지 않아요.
아주 다르다고요.
e가 붙어야 멋지게 보이잖아요."

A N N E

마릴라는 이때쯤부터 벌써
앤을 마음속으로 받아들이고 있지요.

"아무것도 먹을 수가 없어요.
난 절망의 구렁텅이로 떨어진걸요.
아주머니는 절망의 구렁텅이에 있을 때
뭔가 먹을 수 있어요?"

그러면 끝에 e자를 붙인 앤아,
어떻게 이런 착오가
빚어졌는지 설명 좀 해주렴.

"난 절망의 구렁텅이에는 있어본 적이 없어서
뭐라고 할 말이 없구나."

없어요?
그러면 절망의 구렁텅이에
있을 때를
상상해본 적은 있고요?

아니, 없어.

앤은 울면서 동쪽 방에서 잠이 들어버립니다.
매슈는 앤을 데리고 있고 싶다고 해서 마릴라를 몹시 놀라게 합니다.
(비록 매슈가 물구나무를 서겠다고 했더라도 이렇게 놀라지는 않았을 거랍니다.)

초록 지붕 집의 아침

"난 오늘 아침 절망의 구렁텅이에 있지 않아요.
아침에는 그런 곳에 있을 수 없지요.
아침이 있다는 건 정말 멋지지 않나요?"

에
이
번
리
의　자
연

어릴 때는 책을 읽으면서 앤에게만 주목했기 때문에 자연 묘사는 마음
에 담아두기보다 쓱쓱 읽어 넘겼습니다.

　　"프린스에드워드섬은 세계에서 제일 아름답다." 몽고메리의 이
말을 보고 '뭐, 참 아름다운 곳이겠지' 하고 생각했습니다. 그런데 어른
이 되어 읽어보니 자연을 표현하는 언어가 너무 아름다워서 '호오, 어

쩜!' 하고 감탄하기에 이르렀습니다.

앤이 지내는 동쪽 방에서 바라보면 벚꽃과 과수원의 사과꽃이 활짝 피어 있고, 숨이 막힐 듯 라일락 향기가 감돌고 있습니다. 뜰 아래 푸릇푸릇한 클로버 들판을 살포시 내려가면 시냇물이 흐르고, 자작나무가 있습니다. 그 건너편에는 전나무나 가문비나무에 푸른 안개가 끼어 있는 어슴푸레한 언덕이 있고, 언덕을 내려가면 푸른 바다가 햇빛을 반사하며 반짝거립니다.

아름다운 것을 가슴이 아릴 만큼 사랑하는 앤. 지금까지 진절머리 날 만큼 살풍경만 보아온 앤은 송두리째 집어삼키려는 듯 이런 경치를 바라보고, "아, 얼마나 아름다운 곳인지 몰라. 어쩌면 이렇게 아름다울 수 있을까?" 하고 감탄을 쏟아냅니다. 이 책을 읽는 나도 앤과 함께 시선을 빼앗기고는 숨을 삼키고 맙니다. 이렇게 에이번리의 아름다운 자연을 보고 환성을 지르는 앤을 보면서, '나도 같은 지구에 살고 있는데 참 불공평하구나' 하며 부러워했습니다.

그 무렵 매일 외출하던 생활을 그만두고 집에서 많은 시간을 보내는 생활을 시작하면서, 내가 살고 있는 곳 주위로도 눈길을 돌리게 되었습니다. 그때까지는 에이번리같이 아름다운 곳은 어디에도 없다고 생각했는데, 문득 집 주위를 둘러보니 그곳에도 아름다움이 넘친다는 것을 깨달았습니다.

이런 발견을 통해 나는 눈앞에 있는 자연을 사랑하기 시작했습니다.

내 주위에는 자작나무 숲이나 초록 언덕, 바다는 없지만 에메랄드 빛 나무 그늘이나 아침 햇빛, 달콤한 향기가 나는 봄 계절의 초저녁이나 바람, 계절이 바뀔 때마다 변하는 자연의 모습은 에이번리와 다를 바 없습니다.

"나와 가까운 곳에 아름다운 것이 있구나. 좀 부족하다 싶으면 앤처럼 상상을 통해 아름다운 것으로 만들 수 있어."

이 깨달음은 실로 대단했습니다. 이것을 다른 사람에게도 알리고 싶어서 나는 언제나 나무와 바람과 꽃과 구름을 그림으로 그리거나 글로 쓰기 시작했습니다. 아름다움은 깨닫지 못하면 그대로 지나쳐버리고 결국 사라질 따름입니다.

한 사람이라도 더 자연의 아름다움에 눈을 뜨기를 바라는 마음으로 앞으로도 나는 자연을 그릴 겁니다.

초록 지붕 집

초록 지붕 집은 앤을 좋아하는 소녀가 한 번쯤 꿈꾸는 집이 아닐까요?

'그린 게이블스(초록 지붕 집)'라는 이름을 내건
가게가 가끔 눈에 띕니다.

이 가게를 연 사람도 앤을 좋아하겠지요.
앤이 말하는 '동류(同類)'를 찾아낸 것 같습니다.

초록 지붕 집을 동경하는 마음으로
지었다는 집을 잡지에서
몇 채나 본 적이 있습니다.
소녀 시절부터 꾸던 꿈을
실현한 것이겠지요!

우리 집도 일본의 보통 가옥이지만 기와 색깔이
초록색이고 녹색 쇠살문을 달았답니다.
아마도 초록 지붕 집을 꿈꾸는 마음이
지워지지 않기 때문이겠지요.

창 너머로는 눈의 여왕도 움푹 팬 땅도
시냇물도 보이지 않지만, 앤처럼 있다고 상상해봅시다.
불어오는 바람, 햇볕, 달콤한 라일락 향기,
나무, 떠가는 구름, 저녁노을…
앤의 세계와 똑같은 것이 아주 많습니다.
이런 것은 여러분 주위에도 있겠지요?

나무

"······집 주변을 빙 둘러서 나무를 심었다는 말씀을 듣고 더 가슴이 뛰고 말았어요. 저는 나무를 무척 좋아하거든요."

초록 지붕 집으로 향하는 도중에 앤은 매슈에게 이렇게 말했습니다.

초록 지붕 집의 주위는 위풍당당한 양버들과 버드나무 고목에 둘러싸여 나뭇잎이 살랑살랑 스치는 소리가 울렸습니다.

"나무들이 잠이 들어 이야기하는 것을 들어보세요. 틀림없이 멋진 꿈을 꾸고 있을 거예요."

앤은 가만히 속삭입니다.

나무를 참 좋아하는 앤은 나중에 길버트와 결혼할 때 살림집을 구하는 길버트에게 말합니다. "난 나무가 없는 집에서는 살지 않겠어." 이 말을 듣고 길버트도 "오오, 앤, 나무의 요정! 집 주위에는 양버들도 있고 가문비나무도 있고 자작나무도 있어" 하고 안심시켜줍니다.

몽고메리는 아마도 나무를 사랑했던 것 같습니다. '에밀리' 시리즈에 나오는 뉴문 농장도, '팻' 시리즈에 나오는 은빛 숲의 집도 나무에 둘러싸여 있습니다. 팻은 앤 못지않게 나무를 사랑한 나머지 집 주위에 심은 나무를 한 그루도 베지 않았습니다.

나도 나무에 둘러싸여 자랐기 때문에 나무를 무척 좋아했지만, 앤이나 에밀리나 팻 같은 '나무를 사랑하는' 친구를 만나 점점 더 나무에 대한 애정이 깊어진 것 같습니다. 낙엽수가 이른 봄에 눈을 틔울 때면, 숲은 꿈을 꾼다고밖에 말할 수 없을 만큼 신비로운 색을 띱니다.

아침에 숲속 나무들 사이로 햇살이 가느다란 줄기처럼 쏟아지는 모습을 무척 좋아해서 나는 자주 혼자 살금살금 문을 열고 나가 숲속으로 들어가서 나뭇가지 끝을 스치며 산들거리는 바람이나 새 소리를 들곤 합니다. 1년을 통해 나무 한 그루 한 그루, 우거진 숲, 수풀 속 경치가 바뀌어가는 모습을 이야기하자면 밤을 새도 모자랄 겁니다.

지금 이 글을 쓰고 있는 방에서 창밖을 내다보면, 여름 나뭇잎으로 싱그러운 나무들은 바람에 살랑이고, 키가 훌쩍 큰 대나무는 머리카락을 흔들고 있으며, 새들은 이리저리 어지러이 날고 있습니다.

봄, 여름, 가을, 겨울. 나무는 사계절 각양각색의 아름다움을 보여주면서 점점 성장합니다.

어릴 적에는 커 보였던 것을 어른이 되어 다시 보면 '이렇게 작았구나' 하고 놀랄 때가 자주 있습니다. 그렇지만 나무는 다릅니다. 옛날에 타고 올라갔던 나무가 상상을 뛰어넘어 부쩍 자라 있는 것을 보면, 과연 나무는 살아 있다는 것을 새삼 느낍니다.

어릴 적, 나무에 올라가는 것을 좋아해서 자주 나무를 타곤 했습니다.

동쪽 방

하얗게 헐벗은 벽, 바닥이 드러난 마루.
살풍경한 그 방은 그림으로 그려보아도 정말 쓸쓸한 방입니다.

앤은 자신의 특기인 상상으로 방의 모양을 줄곧 바꾸고, 상상 속의 방에서 살려고 합니다.

모슬린 커튼은 엷은 분홍빛 비단 커튼으로

벽은
금실과 은실로
무늬를 짜 넣고

커다란 거울

색색가지 실로 짠

면 쿠션을 가득 얹어놓은 긴 의자

엷은 분홍빛 장미 무늬가
흩뿌려진 하얀 비로드 융단

마호가니 침대

하지만 상상 속 방은 장식이 지나쳐 숨이 막힐 것 같네요.

휑뎅그렁했던 방도
앤이 살기 시작하면서 점점 변해갑니다.

"침실은 잠을 자기 위한 방이니까
쓸데없는 것을 가지고 들어오지 않도록 해라."

이렇게 말하는 마릴라에게

어머, 침실은
꿈을 꾸기 위한
방이기도 해요.

하고 반론을 편 열한 살 소녀 앤.

4년 후 '동쪽 방'은
사과꽃 무늬 벽지를 바르고,
초록색 모슬린 커튼이
팔랑거리는
소녀다운 방으로 변신합니다.

둥글게 짠 깔개, 직접 만들다

앤의 방에 반드시 나오는 '둥글게 짠 깔개'에 이토록 주의를 기울이는 사람은 나뿐일까요?

지금은 수예 책에도 나오는 깔개인데, 옛날에는 어떤 물건인지 전혀 몰랐어요.

앤이 처음으로 이 물건을 본 곳은 초록 지붕 집의 동쪽 방이었지요.
절망의 구렁텅이에서 흘깃 쳐다본 썰렁한 방바닥에 깔려 있었어요.

그리고 그 후에도 앤이 머무는 방에 반드시 나오는 둥글게 짠 깔개.
앤이 결혼할 때 마릴라는 이 깔개를 여섯 장이나 주었답니다.

그런데 로라 잉걸스 와일더(Laura Ingalls Wilder, 1867~1957)의 《긴 겨울(The Long Winter)》을
읽는 도중에 메리가 이 깔개를 만드는 대목이 나왔어요!

짠다는 말은
머리를 땋듯 짠다는 말이었어요.

낡은 천을 잘라서

고급 담요를 써서
줄무니로 짰어요.

점점 어떤 깔개인지 알고 싶어졌어요.

머리 땋는 것과 비슷하다면 나도 할 수 있을 것 같아 곧장 만들었어요.
우선 낡은 천을 모았지요. 낡은 옷만으로 만드는 것이 원칙이거든요.
이것은 깔개를 만들 때 사용한 헌옷과 낡은 천인데, 17년이나 지난 것이기 때문에
헌옷도 다 유행이 지난 것이었지요. 이만큼의 재료로 직경이 1미터 10센티미터인 깔개를 만들었어요.

핑크·회색 티셔츠

원피스와 핑크 면 자투리 조금

베이지 울

노란색 면

핑크
울 트위드

빨간색과
흰색의 물방울무늬

흑백 오버코트 조각

감색 바탕 프린트 앞치마

바래버린
짙은 분홍색

긴 앞치마
빨간색과
하얀색의
깅엄 체크

앞치마

패치워크 앞치마

푸른빛이 도는 바탕에
빨간 프린트

초록 바탕 프린트

오렌지색과
흰색 트위드

빨강 자투리(티셔츠의 소매)

패치워크 자투리

분홍빛이 도는 베이지 자투리

코듀로이 자투리

빨강 혼방 울

빨강 초록 체크

검정 연지 줄무늬

티셔츠의 소매

빨강 바탕 프린트 자투리

빨강 저지 자투리

울 흑백 자투리

빨강과 흰색의
희끗희끗한 저지

흐리고 어두운
보라색 티셔츠

이런 헌옷을 전부 뜯어서 무명은 약 6센티미터의 폭으로, 저지 등은 무명의 절반 폭으로 잘랐습니다.
옷감의 두께를 가감해서 폭을 바꾸면 크기가 비슷해집니다.

참 귀찮은 일이지만 짜증을 내면서
싹둑싹둑 잘라서는 안 됩니다.

나중에 부족해지면
곤란하니까요.

같은 것을
다발로
묶어둡니다

준비가 다 되면 짜기 시작합니다.
그냥 머리 땋는 것처럼 말이지요.

실로
단단히
묶어요.

세 가닥의
길이는 제각각
이어야 해요.
이어붙일 때
곤란하니까요.

이어 붙일 때는
바늘로 꿰맵니다.

머리를 땋을 때와
똑같이 가장자리를
둥글게 매만지면서
짭니다.

다음을 짜면서
이어 붙이는 곳을 숨깁니다.

위에서
덮어씌웁니다.

어느 정도 짰으면
평평한 곳에 놓고
둥글게 엮어갑니다.

바늘은 이불 꿰맬 때 쓰는 바늘,
실은 무명실 끝을
두 겹 겹칩니다.

겉으로 바늘땀이
나오지 않도록 합니다.

안으로는
단단하게 엮습니다.

타원 모양으로 만들 때는
중심을 길게 잡습니다.

짜고 엮는 과정을 반복하여
크기를 늘려나갑니다.

마지막에도 실로 묶어
눈에 띄지 않게 안으로 엮습니다.

처음에 전부
짜놓고 나서
엮으려고 하면
풀어지거나 해서
큰일 납니다.

엮을 때 바늘이 닿는
가운뎃손가락에 씌우는
가죽 골무가 있습니다.
처음에는 밴드를 붙이고
작업을 했지요.

완성!

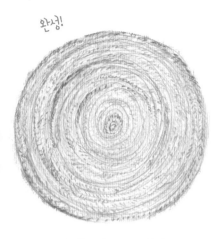

이 깔개는 로라 시대의 물건이기 때문에
앤의 시대에는 이미 유행이 지났어요.
그렇지만 앤은 이 깔개를 아주 좋아했답니다.

만들기 쉬우니까
여러분도 도전해보세요.

그때부터 난 깔개를 만드는 일에 빠져들었어요.
헌옷이나 헌 담요, 헌 스웨터를 가지가지 모아서는
열 장 이상 깔개를 짠 것 같아요.

이것은 무명이 많이 섞여 있어서 만들 때 힘들었지만,
스웨터나 울은 훨씬 쉬워요.

악센트를 주려고
짙은 색을
짜 넣기도 했어요.

트위드는 정말 좋아요.

하지만
헌 청바지만 가지고
만들 때는 힘이
많이 들었어요.
여름에 맨발로
밟으면 감촉이 참 좋아요.

전부 스웨터나 헌 담요로 만들 때는
폭 6센티미터 정도로 자릅니다.
두께가 있어서
겨울에 이것만 깔아도 따뜻해요.

나중에 알아보니까
이 깔개는 미국 컨트리풍 방에는
반드시 있다고 할 만큼 많이 깔려 있었어요.
프랑스 브랜드 'ELLE'에서도 예쁜 색으로 만든 것이 나왔어요.

미국 버몬트의
셸번 박물관(Shelburne Museum, 초기 미국 박물관)에
가보니까 이 깔개가 여기저기 깔려 있었습니다.

방 크기만큼 커다랗고
색깔이 예쁘고 튼튼하게 만든 것이었어요.

건
드
리
지 말
아
야

할
것

레이철 린드 부인은 원래 사람이 좋고 친절하지만, 생각나는 대로 거리낌 없이 말하는 성격을 자랑스러워하는 귀염성 있는 사람입니다.

그런데 어느 날 린드 부인은 앤 때문에 심한 충격을 받지요.

"이 아이는 끔찍할 만큼 말라깽이에 못생겼군요. ······ 음, 뭐 이렇게 심한 주근깨투성이가 다 있을까요? 게다가 머리카락이 빨간색이라서 꼭 홍당무 같군요. 자, 자, 이리로 와보렴."

린드 부인은 언제나 그렇듯 무람없이 말했습니다. 그런데 앤은 린드 부인 앞에 불쑥 나서서 발을 구르며 외쳤습니다.

"아주머니, 정말 싫어요. 싫어 죽겠어요. 어떻게 나한테 말라깽이에 볼품이 없다는 말씀을 하실 수 있어요? 어떻게 주근깨투성이에 빨간 머리라는 말씀을 하실 수 있어요? 아주머니처럼 품위도 없고 예의도 없고 마음이 없는 사람은 본 적이 없어요."

"만약 내가 아주머니에게 그런 식으로 말하면 어떤 기분이 들 것 같아요? 뚱뚱하고 못생기고, 상상력이라고는 한 톨도 없을 것 같다고 말이에요. 이런 말 들으면 기분 좋으시겠어요? 내 말을 듣고 기분이 나빠졌다고 해도 난 아무렇지도 않아요."

린드 부인은 생전 처음 이렇게 격렬한 반격을 당하고 심하게 놀랍니다. 앤은 마릴라에게 야단을 맞고 울면서 자기 방으로 뛰어 들어갔습니다.

지금 돌이켜보면 '나도 어릴 때 이런 일이 있었는데……' 하는 생각이 듭니다. 마룻바닥에 발을 쿵쿵 구르며 화를 내는 앤의 모습이 퍽 낯설게 느껴지지만, 어린아이라도 이것만은 건드리지 말았으면 하는 점이 있고 하고 싶은 말도 있는 법입니다. 예나 지금이나 어른은 이런 점을 별로 이해하지 못하는 것 같습니다.

이때 마릴라는 스스로도 놀랄 만큼 이렇게 말합니다. "레이철, 저 아이의 외모를 가지고 이러니저러니 하고 말해서는 안 돼요." 린드 부인은 이 말을 듣고 더욱 더 분개하지요.

말이 없고 점잖은 매슈조차도 "레이철 린드 부인이 어쩔 줄 몰라 했다니 그것 참 꼴좋구나. 참견하기 좋아하고 말 많은 늙은이니까" 하고 말했다는 점도 뜻밖입니다.

결국 앤은 매슈의 조언을 듣고 린드 부인에게 자기가 버릇없이 굴었다는 점을 시인하고 용서를 빕니다. 앤의 천연덕스러운 모습에 마릴라는 두 손 두 발 다 들고 맙니다만, 사람 좋은 린드 부인은 화를 풉니다.

앤은 불같이 화를 냈다가도 "잘못을 빌고 용서를 받는 일은 정말 기분이 좋아요" 하고 씻은 듯 마음을 풉니다. 상처가 되는 말을 들었지만, 앤이 훌쩍훌쩍 울지 않고 정면으로 대드는 모습에 정말 속이 시원했답니다.

"잘못을 빌고 용서를 받는 일은 정말 기분이 좋아요.
오늘 밤은 별이 참 예쁘지 않아요?
아주머니, 만약에 별에 가서 살게 된다면 어느 별에 살고 싶으세요?"

바
람

"그렇지만 난 지금 바람이 되어 저 나무 우듬지 위를 스쳐가는 장면을 상상해보고 싶어요. 나무에 싫증이 나면 산들산들 이 고사리에 내려온 다음, 린드 아주머니네 뜰로 날아가 꽃들을 춤추게 할 거예요. 그 다음 에는 쉭쉭 단번에 클로버 들판을 지나서 '반짝이는 호수'로 날아가 반 짝반짝 잔물결을 일으키지요. 음, 바람 속에는 상상할 여지가 담뿍 있어요. 그래서 지금은 아무것도 말하지 않을 거예요, 마릴라 아주머니."

앤은 바람을 무척 좋아했어요. 나중에 앤은 하숙집 '윈디 윌로스 (Windy Willows, '바람에 살랑이는 버드나무 집')'의 탑 방에서 길버트에게 보내는 편지에 "어떤 바람도 전부 나에게 전하는 말을 담고 있는 것 같아……"라고 씁니다. 몽고메리의 다른 작품 '에밀리'나 '팻' 이야기에는 앤 시리즈보다 바람이 더 많이 나옵니다.

에밀리는 바람에 '바람 아주머니'라고 이름을 붙이고 친구로 삼았습니다.

"난 바람 아주머니와 산책을 하고 올게."

에밀리는 거울 속에 비친 자기 모습인 '작은 에밀리'에게 말합니다.

"아주머니하고 나는 아주아주 친해. 여섯 살 때부터 알고 지냈거든. 아주아주 오래된 친구야."

앤보다 훨씬 정신적으로 고독한 에밀리에게 바람 아주머니는 어디든지 따라와주는 소중한 친구였습니다.

에밀리는 세상을 떠난 아빠에게 편지를 씁니다.

"바람 아주머니에 대해서는 로더에게 이야기하지 않으려고 해요. 난 정말로 있다고 생각하지만 사실은 거짓말 같거든요. 지금도 지붕 위 커다란 굴뚝 주위에서는 아주머니가 부르는 노래가 들려와요.……"

에밀리는 아빠에게 보내는 편지에 이렇게 썼어요.

"어른이 되면 시인이 되어 유명해질 거예요. 여자 시인은 바람의 요정처럼 나긋나긋하지 않으면 안 돼요.……"

난 이 말을 퍽 좋아했어요.

팻에게는 '바람을 항아리 속에 넣어둔 아저씨'가 있었어요. 은빛 숲 주위에도 바람이 늘 살랑살랑 불었고요. '안개 언덕'에는 바람의 요정이 살고 있어서 팻의 어린 조카 메리는 언제나 바람을 향해 '잘 자요' 하고 말했답니다.

내가 바람을 아주 많이 좋아하는 것은 앤과 에밀리와 팻의 영향을 받지 않았나 생각합니다. 하지만 난 자주 바람의 흉도 봐요. 에밀리도 "이 바람은 친구가 아니야" 하고 말한 적도 있으니까, 아마도 가끔은 험담을 하기도 했겠지요.

새 옷 세 벌

앤이 마릴라에게 받은 새 옷은 전혀 예쁘지 않았어요. 앞으로 이런 옷 세 벌만 매일 입어야 한다니……. 앤의 한숨이 들려오는 듯합니다.

"어때? 마음에 드니?"

………

"네, 마음에 들어 하려고 생각중이에요."
"흥, 그런 생각, 안 해도 좋다."

마릴라는 좀 기분이 상했습니다.

우중충하고 칙칙한 파란색 사라사	흑백 바둑판무늬가 있는 새틴	갈색 깅엄
교회와 주일학교용	학교용	학교용

"넌 이 옷이 마음에 들지 않는구나."

"세 벌 다 수수하고 튼튼하게 잘 지어진 새 옷이 아니니?"

"저기, 저, 그러니까, 예쁘지 않잖아요."

가엾은 앤.
지금까지 초라하고 까슬까슬한 옷만 입었기 때문에
마릴라가 만들어준 새 옷을 몹시 기대했겠죠.

"퍼프소매가 달린 흰 모슬린 옷을
입게 해달라고 기도했어요."

고아원에서 입고 온 옷과 잠옷 두 벌도 다 투박하고
까슬까슬한 옷이었어요.

난
갑갑한
잠옷이 싫어.

앤은
이런 잠옷을 입었다고
상상하고 잠이 듭니다.

기분 좋게
잠들 수는 없었겠지요.

마릴라가 지어준
옷 세 벌에 대해서도,

"그중 한 벌은
삼단 퍼프소매가 달린
하얀 모슬린 옷이라고
상상해요."

실망하더라도
풀이 죽지 않는
성격이라서 앤을
너무 좋아해요.

앤이 다른 여자아이들과
똑같은 옷을 입는 것은
꽤 나중이에요.
하지만 삼단 퍼프소매보다
지금까지 입은 옷이
훨씬 앤다워요.
좀 더 여성스러운 옷감에
좀 더 치마폭이 넓으면 좋았겠지만요.

앤, 영원한 친구를 만나다

"마릴라 아주머니, 이제 곧 에이번리에서도
나한테 단짝 친구가 생길 거라고 생각하세요?"
"뭐? 무슨 친구라고?"
"단짝 친구요. 사이좋게 지내는 친구 말이에요.
마음속 깊은 곳까지 터놓을 수 있는 진정한 친구요."

단짝 친구가 되기로 맹세하다

"오오, 다이애나, 영원히 내 친구가 되어줄래?"

앤과 다이애나는 한창 꽃이 핀 다이애나 집 뜰에서 '단짝 친구'가 되기로 맹세합니다.

나는 해와 달이 뜨는 한, 내 마음의 친구
다이애나 배리에게 충실할 것을,
그대에게 엄숙하게 선서합니다.

"자, 이번에는 네 차례야.
내 이름을 넣어서 말하면 돼."

너 참 별난 아이구나.
네가 별나다는 말은 예전부터 들었어.
하지만 정말 네가 좋아질 것 같은걸.

이날부터 두 사람은 견고한 우정을 쌓아갑니다.

놀 때도 함께 놀고

학교에도 같이 가고

촛불로 서로 신호를 보내고

"다이애나가 부르는걸.
나가봐야겠어."

앤이 실수로 다이애나에게
과실주를 마시게 했는데,
이 일로 다이애나의 엄마가
몹시 화를 내고 맙니다.

그래서 앤과 다이애나는
영원한 이별의 의식을
치르기도 합니다.

다이애나, 우리가 이별하더라도
영원히 널 기억하고 싶어.
네 검은 머리카락을 몇 가닥
잘라주지 않을래?

그 후 앤은 후두염에 걸린
다이애나의 동생 미니 메이의
생명을 구해줍니다.

다이애나의 엄마는
앤에게 진심으로 감사를 표하며
일전에 과실주 사건으로
화낸 것을 사과합니다.

그리하여 두 사람은 또다시 늘
함께 있을 수 있게 되었어요.
앞으로도 이런 일 저런 일이
많지만 한 번도 다투거나
소원해진 적이 없는
진정한 단짝 친구입니다.

울지 마. 후두염에 걸리면
어떻게 해야 하는지 내가 잘 아니까.
예전에 쌍둥이를
세 쌍이나 돌본 적이 있거든.

듬직한 앤

자작나무 놀이터

앤과 다이애나는 자작나무가 동그랗게 작은 원을 그리며 서 있는 곳에
자기들만의 집을 만듭니다.

"엄청나게 낭만적인 곳이에요, 마릴라 아주머니.
이름은 '아이들와일드(Idlewild)'라고 지었어요. 시적인 이름이죠?"

"다이애나는 이 이름을 듣고 반해버렸어요.
우리는 훌륭하게 집을 가꿨어요.
보러 와주세요, 마릴라 아주머니."

"접시는 깨진 것뿐이지만
다 멀쩡하다는 식으로 상상하는 일은
누워서 떡 먹기예요."

"빨간 새와 노란 새 무늬가
있는 접시가 하나 있는데,
그것이 특별히 아름다워요."

"우리는 그 접시를 응접실에 놓았어요."

"아, 너무 멋져요,
마릴라 아주머니."

"거의 저 혼자 상상해내지만, 상상하는 일은
제가 잘 하잖아요. 다이애나는 다른 일이라면 뭐든 잘하고요."

"나무와 나무 사이에 널빤지를 얹어놓아
전반을 만들었어요.
그리고 그 위에 접시를 모조리 올려놓았어요."

"응접실에는 요정의 거울도 있어요.
그 거울은 꿈에서 본 것처럼 아름다워요."

"거울 전체에 무지개가 아른거려요.
아직 어린 무지개가요."

"다이애나 엄마는 그것이 옛날에 쓰던
매다는 램프의 조각이라고 말씀하셨대요."

"아끼로 뒤덮인 커다란 돌을
가지고 와서 앉는 곳으로 만들었어요."

"하지만 어느 날 저녁, 요정들이 무도회를 즐기다가
잊어버리고 놓고 갔다고 상상하는 편이 훨씬 멋져요."

"매슈 아저씨는
우리에게 테이블을 마련해준다고 했어요."

"그래서 그것을
요정의 거울이라고 부르기로 했어요."

윌리엄 벨 씨가
자작나무를 베어버릴 때까지
아이들와일드는
앤과 다이애나의
훌륭한 놀이터였습니다.

마
릴
라
의

오
해

앤이 하는 일은 늘 실패의 연속이었어요. 마릴라는 '소동을 피우는 명
인'이라고 하면서 앤이 새로운 일을 벌일 때마다 조마조마 가슴을 졸
입니다.

　앤이 저지르는 실패는 대개 웃어넘길 만한 것이었지만, 마릴라의
자수정 브로치를 잃어버렸다는 의심을 받는 장면만은 마음이 너무 아

파서 다시 읽고 싶지 않을 정도입니다.

마릴라의 자수정 브로치 안에는 마릴라 어머니의 머리카락이 몇 가닥 들어 있습니다. 예스러운 분위기를 띤 훌륭한 브로치입니다. 앤은 이것에 마음을 빼앗기고 맙니다.

"아아, 마릴라 아주머니, 정말 훌륭한 브로치에요. 이 브로치를 달고 설교를 들으러 가셨겠지요. ……자수정은 그저 아름답다는 말밖에 나오지 않아요."

"그 브로치, 잠깐만 제가 달아보면 안 될까요? 자수정은 고요한 제비꽃의 영혼이라는 생각이 들지 않으세요?"

그런데 자수정 브로치가 없어졌지요. 마릴라는 그 브로치에 마음을 빼앗긴 앤의 모습을 보았기 때문에 "어디로 가지고 나갔다가 잃어버렸겠지"하고 넘겨짚습니다.

"제자리에 갖다놓았어요"하는 말을 믿지 못하고 마릴라는 앤을 방에 가두고 정직하게 사실을 말할 때까지는 앤이 그토록 손꼽아 기다리던 주일학교 소풍에도 보내지 않겠다고 선언합니다. 매슈가 둘 사이를 중재하려고 나섰지만 마릴라는 전혀 마음을 바꾸려고 하지 않았지요.

앤은 소풍을 가고 싶은 마음에 거짓을 고백합니다. 마릴라는 브로치를 잃어버린 벌로 앤이 소풍을 가지 못하게 합니다.

울고불고 몸부림치는 앤.

이것은 마릴라가 특별히 냉정한 사람이어서 그런 것이 아니라 어른이기 때문에 그런 것입니다.

결국 마릴라는 자기가 다른 곳에 두고 잊어버린 브로치를 찾았습니다. 그런데 그녀는 자기도 잘못했지만 거짓으로 고백한 앤도 잘못했다고 심한 말을 합니다.

이런 식으로 어른은 아이를 지배하고 있다고 생각하는 한편, 아이에게 자신의 결점을 보이지 않으려고 앞뒤가 맞지 않는 태도를 보일 때가 자주 있습니다.

실제로 어린아이는 어른이 앞뒤가 맞지 않는 태도를 보이는 데 익숙하기 때문인지, 어른인 내가 읽고 분개하는 만큼 깊이 상처를 입지는 않는 듯합니다. 앤도 앙금을 남기지 않고 소풍을 가서 매우 유쾌한 시간을 보내고 옵니다.

"정직하게 말해도 믿어주지 않아."

이것은 어떻게 해야 좋을지 모를 슬픔 중에서도 내가 제일 싫어하는 슬픔이기 때문에 이 대목은 언제나 피하고 싶어집니다.

주일학교의 소풍

자칫하면 갈 수 없었을지도 모르는 피크닉.
앤은 슬펐던 일을 까맣게 잊고 지극히 황홀한 시간을 보냈습니다.

"있잖아요, 마릴라 아주머니,
난 '황홀하게 멋진 시간'을 보냈어요.
황홀하게 멋지다는 말은 오늘 막 새로 배웠어요.
정말 느낌이 좋은 말 아닌가요?"

앤은 태어나서 처음으로 아이스크림을 먹었습니다.
며칠 전부터 가슴 설레며 기대했지요.

아이스크림은 이루 다
말로 표현할 수가 없어요,
마릴라 아주머니.
완벽하게 숭고해요.

벨 아저씨의 부인과
린드 아주머니가
아이스크림을 만들었어요.

"향긋한 차를 마시고 나서
하면 앤드루스 씨가 우리를 전부
'반짝이는 호수'에 데려가 보트를 태워주었어요."

"제인은 수선화를 꺾으려다가
자칫하면 물속에 빠질 뻔했어요.
'그게 나였다면 좋았을 텐데' 하고
생각했어요. 하마터면
빠져 죽을 뻔했다는 경험은
무척이나 낭만적이니까요."

매
슈
와
마
릴
라

매슈는 퍽 내향적이고 사람과 어울리기를 싫어합니다. 특히 여성을 상
대하는 일이 고역이어서 마릴라와 린드 부인 말고 다른 여자와는 말을
섞지 않을 만큼 여성 공포증이 심합니다. 어린 여자아이라고 해도 여성
과 함께 있는 자리를 불편하게 여기는 사람이라고 생각될 정도입니다.

마릴라는 앤을 초록 지붕 집에 머물도록 결정하고 나서 이렇게 말

합니다.

"흐음, 내가 알아서 잘 키울 거야. 그 점에 대해서는 지금 단단히 말해두지만, 내 방식에 참견하지 말아줘. 나이 든 독신 여성이니까 어린아이를 어떻게 키워야 하는지는 잘 모를 수도 있겠지만, 설마 독신 남성보다 못하겠어? 그러니까 저 아이를 키우는 일은 내게 맡겨야 해. 참견을 하더라도 내가 실패했을 때 하라고."

"음, 마릴라, 물론이지. 전적으로 알아서 해. 다만 버릇없어지겠다 하지 않을 정도로만 저 애한테 잘 대해주면 좋겠어. 저 애가 잘 따르기만 하면 생각한 대로 잘 자라지 않을까 싶어."

마릴라는 콧방귀를 뀌면서 매슈가 여자가 할 일에 대해 이러쿵저러쿵 말한 것에 경멸을 표하고는, 양동이를 들고 착유실으로 가버립니다.

여자를 싫어하는 매슈도 순진무구한 앤과는 처음부터 마음이 잘 맞았습니다. 쉴 새 없이 떠드는 앤의 수다를 제일 귀 기울여 들어주면서 앤이 하는 말이면 무엇이든 마음 깊이 받아주었습니다.

반면, 마릴라는 앤이 하는 말을 마음 깊이 받아들이기는커녕 그 말에 찬물을 끼얹듯 쌀쌀맞게 응대합니다.

"정말 못 말리겠군. 아주 바보 같은 짓을 하는구나." 이런 반응이 대부분이지요. 그런데도 앤은 마릴라에게 아무렇지도 않은 듯 이야기를 들려줍니다.

무슨 말이든 감동하고 찬성해주는 매슈에게는 안심을 느꼈을지
언정, 앤은 냉담하더라도 제대로 자기 의견을 말해주는 마릴라에게 더
의지했을지도 모릅니다.

엄격한 마릴라와 관대한 매슈는 서로에게 부족한 점을 채우면서
앤을 기릅니다.

매슈는 자기 의견을 그다지 표명하지 않지만, 때로는 깜짝 놀랄
만한 말을 해서 앤을 음악회에 보내주기도 하고 꿈꾸는 일이 얼마나
중요한지를 가르쳐주기도 합니다.

"앤, 너의 낭만을 완전히 버려서는 안 돼. 조금이라면 괜찮겠지. 물
론 도를 너무 지나치면 안 되고 말이야. 앤, 조금은 낭만을 간직하는 편
이 좋단다."

이런 말을 해주는 어른은 별로 없을 것 같습니다.

학교로 가는 길

앤과 다이애나가 학교를 다니는 길은 매우 어여쁜 오솔길이 이어져 있어요.

아침에 앤은 혼자서
'연인의 오솔길'을 지나
시냇가로 나가요.

시냇가에서는
다이애나가 앤을 기다리고 있어요.

둘이 함께
'단풍나무 가지가 엇갈리는 오솔길'을
걸어가요.

"단풍나무는
정말 사교적인 나무야."

"언제나 살랑살랑
사람에게 속삭이고 있잖아."

'윌로미어(Willowmere)'를
지나가요.

'윌로미어' 맞은편에
'제비꽃 골짜기'가
있어요.

"지금은 피어 있지 않지만
봄에는 제비꽃이
가득 피어 있대."

그러고 나서
'자작나무 길'로 들어가요.

"자작나무 길은
이 세상에서
가장 아름다운 곳이야."

좁고 구불구불한 오솔길이
굽이굽이 이어져 있고
오솔길 가에는
자작나무가
줄지어 서 있었어요.

오솔길

앤과 다이애나는 학교에 갈 때 심심한 큰길이 아니라 나무와 꽃과 풀이 가득한 어여쁜 오솔길을 걸어갑니다.

'연인의 오솔길'이라는 이름은 앤이 읽은 책에서 따온 것입니다.

"무척 예쁜 이름이라는 생각이 들지 않니? 엄청나게 낭만적이기도 하고 말이야. 어때? 애인과 함께 걷는 모습을 상상할 수 있지 않아?"

연인의 오솔길을 지나고, 단풍나무 가지가 엇갈리는 오솔길을 지나치고, 윌로미어 옆을 지나 '자작나무 길'로 들어갑니다. "자작나무 길은 세상에서 제일 아름다운 곳이에요, 마릴라 아주머니." 앤이 말하는 자작나무 길의 묘사를 읽어보면 정말 아름답습니다.

"좁고 구불구불하게 이어져 있는 오솔길을 들어서서 굽이굽이 이어진 언덕을 넘은 다음, 벨 씨의 숲 한가운데를 지나갔다. 이 숲에는 에메랄드 같은 잎사귀 사이로 몇 겹이나 광선이 파고들어 비쳐 들기 때문에 마치 다이아몬드의 심장처럼 투명하게 보였다. 오솔길 가에는 줄기가 하얗고 가지가 낭창한 호리호리한 어린 자작나무가 늘어서 있었다. 고사리, 스타플라워, 은방울꽃이 피어 있고 새빨간 풀씨가 길가에 수북하게 달려 있었다. 공기 속에는 언제나 상쾌한 향기가 감돌았다."

이런 오솔길을 걸어 매일 아침 학교에 가면 얼마나 좋을까요.

사람들이 많이 지나다니지 않는 오솔길에는 은밀한 매력이 있습니다. 그곳은 나무와 풀과 햇빛, 그늘과 새와 바람이 딴 세계를 만들고 있습니다. 그곳을 지나갈 때는 분위기를 깨지 않도록 가만가만 지나가지 않으면 신비로운 세계를 조금도 엿볼 수 없을 겁니다.

내가 산책하는 길에는 자작나무는 없었지만 오솔길은 많이 있었습니다.

봄, 초록 터널을 이룬 오솔길에는 마치 '자작나무 길'처럼 빛이 내

리쪼이고, 제비꽃이 여기저기 피어 있습니다. 오솔길을 벗어나면 습지가 펼쳐져 있고, 오솔길 양쪽에는 미나리아재비나 들꽃이 피어 있습니다. 찔레꽃이 피어 있는 오솔길, 산속 오솔길, 나 혼자만 겨우 지나갈 수 있는 오솔길.

이렇게 많던 오솔길도 지금은 거의 다 없어졌습니다.

초록 터널이 있던 곳에는 집들이 들어섰고, 나의 '마법의 나라'는 흔적도 없이 사라져버렸습니다.

그렇지만 앤의 '오솔길'을 읽고 있으면 추억이 되살아납니다.

현실에서는 '마법의 나라'가 없어졌지만, 내 기억 속에서는 언제까지나 선명하게 살아 있을 겁니다.

들꽃으로 장식한 모자

앤은 예쁜 꽃을 보면 화관을 만들거나 머리에 꽂는 것을 아주 좋아합니다.

처음으로 주일학교에 갈 때
앤은 꽃 장식이 없는 모자를 예쁘게 꾸미려고
들장미나 미나리아재비 화환을
모자 위에 얹고 갑니다.

매우 예쁘다고 생각했지만,
나중에 마릴라에게 꾸중을 듣습니다.

학교에서 점심시간에
쌀백합으로 만든 화관을 썼다가
필립스 선생님에게 벌을 받습니다.

들꽃으로 만든 화관은 매우 예뻐요.
게다가 소녀에게 정말 잘 어울리니까
한번 만들어서 써보세요. 물론 학교가 아닌 곳에서요.

에
이
번
리
의

10
월

"아아, 마릴라 아주머니,
난 이 세계에 10월이라는 달이 있다는 것이 말할 수 없이 기뻐요.
만약 9월에서 11월로 건너뛰어 가버린다면 얼마나 시시할까요?"

에이번리의 가을

에이번리의 가을은 봄과는 달리 화려합니다.

에이번리에 가을이 왔어요.

움푹하게 패인 곳에는
낙엽이 수북하게 쌓여서
밟고 지나가는 발밑에서
바삭바삭 소리를 냅니다.

자작나무 길은
황금색 천막을 만들어냅니다.

가을이 끝날 무렵에도 앤은 숲속에서 놉니다.

"지금은 숲속이 얼마나 멋진지 몰라요.
고사리도, 공단 옷감 같은 나뭇잎도, 온갖 나무열매도,
숲에 있는 것은 전부 잠들어버렸어요."

"마치 누군가
봄이 올 때까지 숲에 있는 것을
나뭇잎 담요로 둘둘 싸버린 것 같아요.

내가 산책하던 길도
봄과 가을이
무척 아름다웠습니다.

"아마 무지개 스카프를 두른
회색 요정이 지난 달밤에
살금살금 찾아와서
이렇게 만들어놓았을 거예요."

가을에는 나뭇잎이 눈앞에 춤추며 내려옵니다.
무슨 알림장일지도 모르겠다는 생각이 들어 주워온답니다.

사
과

과
수
원

몽고메리의 작품에는 사과가 많이 나옵니다. '사과꽃이 핀 가로수 길, 사과 과수원, 지하실에 저장해둔 사과', 이런 것들이 내게는 전부 매력적으로 다가와, 그림으로 곧잘 그릴 수 있었습니다.

나는 사과나무가 없는 사이타마현에서 나서 자랐기 때문에 나무에 열려 있는 사과를 본 적이 없었습니다. '히메 사과(꽃사과와 비슷한 작은 품종의 사과)'를 보면 사과꽃을 상상할 수 있었지만, '빨갛고 커다란 열매가 달려 있는 모습을 언젠가 보고 싶다'고 바라고 있었습니다.

《사과 그림책(りんごの絵本)》을 만들 때 그 바람을 이룰 수 있었습니다. 군마현에 사는 친구가 자기 과수원에 데려가주었습니다.

그 사과 과수원에는 나이가 많고 굵직하며 키가 큰 나무가 많았습니다. 나뭇가지가 부러질 만큼 사과가 주렁주렁 달려 있었습니다. 흰빛이 나는 나뭇잎에 발그스름한 사과, 새빨간 홍옥 사과가 예쁘게 달려 있더군요. 그 후 몇 번인가 사과가 열리는 계절에 가보았더니 사과가 나무에 달려 있는 모습이 그리 새삼스럽지 않았습니다. 그러다가 '우리 집 뜰이 사과 과수원이라면 좋을 텐데……' 하고 생각한 적이 있습니다.

내가 머릿속으로 그려보던 사과 과수원은 사과를 수확하기 위한 과수원이 아니라 에밀리의 뉴문 농장의 '오래된 과수원'이나 팻의 '옛 과수원' 같은 곳입니다. 전나무가 사과나무 못지않게 울창하고, 사과나무 가지는 멋대로 뻗어 있고요. 여기저기 들풀이 꽃을 피우고, 쥐색으로 바랜 나무 울타리에는 야생 장미가 흐드러지게 피어 있는 과수원입니다. 조금은 잊혀진 장소처럼요.

사과 과수원은 꿈에 불과했지만, 몇 년 전쯤에 사과나무를 몇 그루 심었습니다. 기후도 맞지 않았고 전혀 가꾸지도 않았기 때문에 '오토메 사과'라는 작은 사과가 열린 적이 있을 뿐, 후에는 꽃은 피워도 열매는 맺지 않았습니다.

역시 이 지방에서 사과나무를 키우기는 무리라고 생각했는데, 산책길에 나섰다가 파랗고 커다란 사과가 열린 나무를 두 그루 발견했습니다. 그 집은 언제나 문을 굳게 잠가 인기척이 없었는데, 다래와 감나무가 어지러이 심어져 있는 가운데 사과나무가 있었습니다. 주눅 든 자잘한 사과가 아니라 본격적으로 열린 커다란 사과였지요. '도대체 어떻게 이런 사과가 열렸을까?' 하고 고개를 갸웃거렸지만 빨갛게 익는 모습을 기대하며 산책을 나갈 때마다 주의 깊게 살펴보았습니다. 아직 빨갛게 익기도 전이었는데 어느 날 하나도 남김없이 사과 열매가 없어졌더군요. 언제나 그렇듯 그 집에는 사람의 그림자가 보이지 않았습니다.

올해 그 나무는 가지가 짧게 잘렸고 열매는 하나도 열리지 않았습니다. 그 집 사람은 무엇 때문에 사과나무를 심었을까요? (단 두 그루뿐이지만) 사과 과수원의 풀리지 않는 비밀입니다.

가을 사과 과수원의 오후,
아마도 달콤한 사과 향이
코를 간질이겠지요?

프린스에드워드섬에 막 도착한 앤은 꽃이 활짝 핀 사과나무 가로수 길을 보고 감동했습니다. "그런데 그곳을 가로수 길이라고 부를 수는 없어요. 그런 이름에는 특별한 의미가 없잖아요." 앤은 이렇게 말하며 '환희의 하얀 길'이라는 이름을 붙입니다. 다음으로 눈에 들어온 배리 연못은 '반짝이는 호수'로 바꾸어버립니다. "장소든 사람이든 이름이 마음에 들지 않을 때는 언제나 새로운 이름을 생각해내서 그 이름으로 불러요." 앤은 이렇게 자기가 접한 물건이나 장소에 이름을 붙여나갑니다.

앤의 방에서 창밖으로 새하얀 꽃을 피운 벚나무의 이름은 '눈의 여왕(Snow Queen)'입니다. "넌 언제나 하얀 꽃을 피우고 있는 것은 아니지만 언제나 피어 있다고 상상할 수 있잖아?" 앤은 이렇게 말하지요.

시냇가 맞은편에는 자작나무가 작은 원을 그리고 서 있습니다. 앤과 다이애나는 그곳을 그대로 활용해 집을 만들고 '아이들와일드(Idlewild, '한가로운 황야')'라는 이름을 붙입니다. 놀이터답게 경쾌한 울림이 있는 이름입니다. 누구나 어릴 적 이런 놀이터를 갖고 있지 않았을까요? 나도 집 주위에 노는 장소가 많이 있었습니다.

나무가 서로 부둥키듯 서 있는 곳에 마른 나뭇가지를 모아 오두막을 짓거나 물이 없는 웅덩이(앤이 말하는 '구덩이') 같은 곳도 좋은 놀이터였습니다. 웅덩이에는 큰비가 내린 다음 깨끗한 물이 고여 아마존강처럼 물이 넘쳤습니다. 난 학교에서 돌아오자마자 가방을 던져놓고 쏜살같이 놀러 나갔습니다.

이제와 생각하면 이런 장소에 앤처럼 이름을 붙였더라면 영원한 추억이 되었을 것 같기도 합니다.

'윌로미어(Willowmere, '버드나무 연못')'도 예쁜 이름입니다. 이는 배리 씨네 밭에 있는 작고 동그란 연못에 앤이 붙인 이름입니다. 다이애나가 빌려준 스릴러 책에서 따왔지요. '드라이어드 샘(Dryad's Bubble)'은 통나무다리 옆에 있는 샘입니다. "드라이어드는 어른이 된 요정의 일종이라고 생각해."

　　"다이애나는 말이죠, 너처럼 온갖 장소에 이름을 잘 붙이는 사람은 본 적이 없다고 했어요. 그래도 잘하는 것이 있으니까 다행이에요." 마릴라에게 앤은 이렇게 말해요. 장소에 이름을 붙이면 현실 세계에서 공상 세계로 스르륵 들어갈 수 있기 때문에 어린아이의 '소꿉놀이'에 앤처럼 이름을 잘 붙이는 천재가 있으면 즐거움이 늘어납니다. 우리 집 뜰 한구석에는 '비밀 기지'라고 이름 붙인 장소가 있는데, 일단 그렇게 이름을 붙였더니 정말 비밀스러운 특별한 장소처럼 여겨집니다. 참 이상하죠?

앤, 학교에 가다

여자아이들은 앤을 환영하며 귀여운 선물을 주거나 빌려주었습니다.

에이번리 학교는
커다란 창이 달려 있는 회벽 건물에
한 칸짜리 교실밖에 없는 학교입니다.
뒤편에는 울창한 전나무 숲이 있고
시냇물이 흐릅니다.

아이들은 우유병을 점심시간까지
시냇물에 담가두어 맛있게
시원해지도록 합니다.

여자아이들은 언제나 도시락
을 나누어 먹었어요.

다이애나는
'오늘 나무딸기 파이
세 개를
열 명이 나누면
한 사람 분이
얼마쯤 될까…'
하는 생각에 우울합니다.

만약 나누어 먹지 않으면 지독한
깍쟁이라고 영원히 낙인이 찍히고 맙니다.

다들 귀여운 물건을 갖고 있다가
선물하거나 빌려주는 모습이 낯설고 귀엽습니다.

앤이 처음으로 학교에 갔을 때

루비 길리스는
사과를 주었고

소피아 슬론은 "집에 놀러가도 될까?"
라고 쓴
연분홍
카드를
주었어요.

"카드는
내일 돌려주어야 해요."

그리고 틸리 불터는
오후 동안 끼고 있으라고
작은 구슬 반지를 빌려주었어요.

"저 낡은 바늘겨레에서 진주구슬을
조금 가져다가 반지를 만들어도 될까요?
마릴라 아주머니."

필립스 선생에게 모욕당해 학교에 가지 않던 앤은
다이애나와 만나기 위해 다시 학교에 가기로 했고,
앤이 나타나자 친구들은 열렬히 환영해줍니다.

앤이 없는 교실은
활기도 없이
적적했겠지요.

친구들은 또
여러 가지 물건을 주었습니다.

루비 길리스는 성경 낭독 시간에
몰래 자두를 세 개 주었고,

엘라 메이 맥퍼슨은 식물 책자 표지에서
오려낸 커다란 노란 팬지 사진을 주었어요.

소피아 슬론은 더할 나위 없이
우아한 레이스 뜨개 패턴을
가르쳐준다고 했어요. 그것은
앞치마 가장자리에 달면
참 예쁠 것 같았어요.

케이티 볼터는
물 담는 병으로 쓸 수
있을 것 같은 향수병을
주었어요.

책상 위에 가만히 놓아둔
길버트 블라이스의 사과는
무시해버렸지요.

줄리아 벨은 다음과 같은 시를
정성스레 베껴주었어요.

찰리 슬론은 점심시간에
석판 연필을 주었어요.

앤에게

황혼이 커튼을 드리우고
별의 핀으로 커튼을 고정시킬 때
기억해, 네게 친구가 있다는 것을
저 멀리서 헤매고 있다 해도

다이애나는 그 다음날
유행하는 책갈피를
만들어, 앤에게
예쁘게 접은
쪽지와 함께
전해줍니다.

그리운 앤에게

엄마는 학교에서 너와 놀거나
이야기를 하면 안 된다고 하셔.

앤은 다이애나와 비극적인 상황을 슬퍼하면서도
한편으로는 즐기고 있었던 것 같아요.

유머

몽고메리라는 작가는 유머를 매우 좋아합니다.

다시 읽어보아도 똑같은 대목에서 웃음을 터뜨리고 맙니다.《빨간 머리 앤》에서는 앤과 마릴라의 대화가 퍽이나 요상하지요.

이를테면 앤은 어른이 되면 머리카락 색깔이 다른 색으로 변할지도 모른다는 희망을 품고 싶어서 마릴라에게 묻습니다. "어릴 때 빨간

색이던 머리카락이 어른이 되면 다른 색으로 변하는 사람이 있겠지요? 아주머니, 혹시 그런 사람을 알고 계세요?"

"글쎄, 모르겠다. 넌 그렇게 되지 않을 것 같구나."

앤은 한숨을 쉬고는 말합니다. "하아, 그럼 희망이 또 하나 없어졌어요. 내 인생은 완전히 '파묻힌 희망의 무덤'이에요. 이 말은 언젠가 책에서 읽었어요. 뭔가 실망할 때마다 이 말을 하면서 스스로를 달래고 있어요."

이 말을 듣고 마릴라는 이렇게 말합니다. "어째서 그 말이 위로가 되는지 알 수 없구나." 앤의 공상 이야기를 듣자마자 마릴라는 곧바로 실제적인 이야기를 합니다. 그런 대답을 듣고도 앤이 태연하게 이야기를 계속하는 점이 좀 이상스럽기도 합니다.

앤이 제라늄에 '보니'라는 이름을 붙였을 때는 마릴라도 화들짝 놀랐던 것 같습니다. "무슨 쓸데없는 짓이냐? 뭐, 나야 상관없기는 하다만, 도대체 제라늄에 이름을 붙여서 뭐에 쓴다든?"

이 말에 대해 앤은 이렇게 대답하지요. "어떤 것이든 이름이 있기 마련이에요. 제라늄이 언제나 제라늄이라는 이름으로만 불린다면 기분이 나쁘겠지요. 아주머니도 언제나 그냥 여자라고만 불린다면 싫지 않겠어요?" 앤이 이렇게 쉽게 설명하는 대목을 읽으면 "과연 그렇겠구나" 하고 설득당하고 맙니다.

앤은 해먼드 아주머니네에서 쌍둥이를 세 쌍이나 돌본 적이 있습니다.

"난 아기를 꽤 좋아하는 편이지만 쌍둥이를 내리 세 쌍이나 돌보는 일은 힘들었어요. 마지막 쌍둥이가 태어났을 때는 해먼드 아주머니에게 딱 잘라 이렇게 말했어요."

설마 "이제 쌍둥이는 그만 돌보겠어요"라고 말한 걸까요?

초록 지붕 집에 앤을 입양하기 위해 매슈가 보인 항의의 행동은 어떤 말에도 대답을 하지 않는 것이었어요. "……마릴라는 말을 거는 것만으로 손해를 보는 것 같았다. 사람이 무슨 말을 해도 대꾸해주지 않는 남자만큼 아니꼬운 것이 있을까. 뭐, 여자라도 그렇겠지만." 여기에 나오는 유머를 비롯해 몽고메리 작품에 나오는 유머의 대부분이 무라오카 하나코 선생의 훌륭한 번역 덕분입니다. 나처럼 웃음을 좋아하는 사람에게는 매우 감사할 일이지요.

지하실

"그리고 지하실로 달려가 겨울 사과를 조금 꺼내와도 돼요? 마릴라 아주머니."

비밀도 빽빽하게 가득 찬 집

초록 지붕 집의 지하실 안에는
어떤 것이 있었을까요?

그런데 촛불을 들고 사다리를 올라갔다 내려갔다
(그 반대겠지만) 하는 점은 이상해요.

매슈도 힘들어 보여요.

갖가지 허브 종류.
하지만 지하실은
습기가 있을 텐데
부엌에 두지 않았을까요?

잼이나 설탕 절임이나
피클을 얹어놓은 선반

부엌 용품

양파, 마늘,
감자, 호박

커다란 사과가 몇 개

마릴라가 솜씨 좋게 담은
과실주가 커다란 항아리에
들어 있어요.

고
사
리
와
인
동
덩
굴

《빨간 머리 앤》시리즈에는 들꽃이 많이 나옵니다.

앤이 무척 좋아하는 산사나무, 미나리아재비, 들장미, 제비꽃, 스타플라워, 종덩굴, 민들레, 클로버, 인동덩굴, 백합, 그리고 꽃은 아니지만 고사리……. 몽고메리는 고사리를 꽃과 다름없이 아주 좋아했던 것 같습니다.

자작나무 아래나 오솔길 가에는 반드시 고사리가 나 있어 레이스 같은 이파리를 살랑거리고 있습니다. 또 "이슬에 젖은 어린 고사리의 강렬한 냄새"라는 묘사도 나옵니다. 우리 집 주변에도 고사리는 무성하게 나 있는데, 난 별로 좋아하지 않았습니다. 오히려 꺼림칙한 기분마저 들었지요.

그렇지만 앤이 그토록 '고사리, 고사리' 하고 좋아하니까 '고사리는 예쁜 식물'이라고 보는 눈을 갖게 되었고, 연두색 어린 고사리가 퍽이나 풍치가 있는 듯이 느껴졌습니다.

그래도 짙은 초록색 잎이 뻣뻣하고 커다란 고사리는 역시나 좋아지지 않았습니다. 지금 사는 집으로 이사를 왔을 때는 전에 살았던 집에서 고사리를 한 아름 가져와서 화단의 작은 길 이곳저곳이나 나무 밑에 심었습니다. 이제는 고사리가 완전히 뿌리를 내려 너무 왕성하게 번식하는 바람에 엄마에게 싫은 소리를 듣고 있는데, 그늘에 돋는 잡초 중에 고사리가 없다는 것은 상상도 못합니다.

바깥 수도 옆에도 고사리가 나기 시작해 옛날 우물가 같은 분위기를 풍기는 것이 여간 좋아 보이지 않습니다. 인동덩굴 꽃도 지금 사는 집의 텃밭 울타리에 달라붙어 봄이 오면 한가득 꽃을 피웁니다. 인동덩굴은 원래 여기에 있던 야생 식물입니다. 예상치도 못한 자연의 선물이었지요.

인동덩굴 꽃은 아주 달콤한 향기가 납니다. 꽃이 피어 있는 계절에는 언제나 산뜻하고 달콤한 향기에 감싸여 있고 싶어서 매일같이 화환을 만들어 방 여기저기에 걸어놓습니다. 화환을 어린 조카 머리에 씌워주었더니 어여쁜 화관이 되었습니다.

이 작품에도 앤이 인동덩굴 꽃으로 머리를 장식한 대목이 나옵니다. 아쉽게도 무라오카 하나코 선생의 번역은 이 대목을 생략해버렸지만 말이지요.

"······앤은 엷은 노란색 인동덩굴을 몇 가닥 뽑아 머리카락에 꽂았다. 움직일 때마다 주변의 공기를 축복하듯 아스라한 향기가 감도는 것이 아주 마음에 들었다."(《빨간 머리 앤》, 가케가와 야스코[掛川恭子] 옮김, 고단샤)

'축복하듯 감도는 향기'. 몽고메리다운 아름다운 표현을 읽고 한동안 무언가에 홀린 듯 멍해졌습니다.

올해는 이미 꽃이 끝물을 맞이했지만 내년에는 이 새로운 언어 덕분에 인동덩굴이 한층 더 좋아질 것 같습니다.

사과

《빨간 머리 앤》이야기에는 사과가 자주 등장합니다.

난 예전에 환상의 가게를 그린《엘프 씨의 가게(エルフさんの店)》라는 그림책을 낸 적이 있습니다.
이 그림책에는 스물한 칸짜리 가게가 나오는데, 그곳에는 현실적인 것을 비롯해
이야기에서 튀어나오는 것, 있을 법한 것 등 여러 가지가 있지요.
내가 갖고 싶은 것을 전부 팔고 있습니다.

쿠키 가게

헝겊인형 가게

과자 가게

시간 가게

꿈 가게

사금파리 가게

너는 달콤해

산산조각이
나버렸습니다만.

앤의 세계에 있는 것도 많이 팔고 있습니다.
바람 가게에는 아이들와일드의 바람이 있고,
과자 장인 웨스 씨 가게에는 길버트가
앤에게 몰래 건네준 하트 모양의
사탕이 있고, 부동산을 하는 라임 씨 가게에는
초록 지붕 집의 집과 똑같이 생긴 집의 사진이 파일 안에 들어 있습니다.

아이들와일드
1904
P.E.I. 캐나다

그리고 사과를 파는 밀러 씨 가게에는 앤의 이야기에
나오는 사과가 잔뜩 상자에 담겨 있지요.

스트로베리 사과(Strawberry Apple)
길버트가 화해하려고 앤의 책상 위에
몰래 놓아둔 사과.
이것도 도감에는 나오지 않아요.

레드 스위팅(Red Sweeting)
다이애나와
따러 간 사과

도감으로 조사해보았지만
찾을 수 없었기에
초록 지붕 집의 통을 빌려
그 안에 일본의
홍옥 사과를 담았습니다.

매슈의 자부심이 담긴
사과는 어떤 맛일까요?
필시 빨갛고 달콤한
이름 그대로의 사과이겠지요.

앤이 가장 좋아한 겨울 사과 러셋(Russet).
영국의 콕스 오렌지 피핀(Coxs Orange Pippi)
색깔과 모양이 비슷해요.

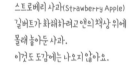

아마 맛도 비슷하겠지요.
그렇다면 이것은
야생의 맛이 남아 있어서
무척 맛있을 겁니다.
앤이 정신없이 반한 것도 이해가
갑니다. 나도 사과를 매우 좋아하거든요.

MIRROR'S STORE
Magic Apple
ジョナサン 15.-
デリシャス 30.-
ワインサップ 30.-
20.-
Wine sap
gol.
1kg 30.-
20.-
RED SWEETING
GREEN GABLES
CANADA

가장 좋아하는 번역

나는 언제나 번역가 무라오카 하나코의 번역으로 《빨간 머리 앤》을 읽었기 때문에 몽고메리와 무라오카 하나코 선생을 떼놓고 생각할 수 없습니다.

앤의 말이나 글을 베껴 써보면 좋은 말, 예쁜 말, 아름다운 묘사가 그득해서 전부 인용해보고 싶어집니다.

그것과는 별도로 무라오카 선생의 언어 습관이나 자주 사용하시는 말을 좋아합니다. 그런 것이 없으면 《빨간 머리 앤》을 읽는 느낌이 나지 않습니다.

일본어에서는 자주 쓰지 않는 '아아'나 '오오' 같은 말이 많이 나오는데, 앤에게는 이런 말이 딱 어울립니다.

"오오, 마릴라 아주머니. 말로는 어떻게 표현할 수가 없어요."

"오오, 앤. 빨리 와주렴."

앤이 길버트의 머리 위에서 석판을 깼을 때도 활극을 좋아하는 아이들 일동은 기쁜 듯이 '오오'를 연발했습니다.

다이애나가 앤에게 "넌 굉장히 멋지게 보여" 하고 찬사를 보내는데, '아주 멋지게'가 아니라 '굉장히 멋지게'라고 하잖아요. 이 표현은 그렇게까지 진귀하지는 않지만, 당시에는 퍽 신선하게 느꼈던 기억을 잊을 수 없습니다.

"가슴이 찢어질 것 같아."

이 말도 《빨간 머리 앤》에 툭하면 나옵니다.

앤이 펑펑 우니까 마릴라가 무슨 일이냐고 물어봅니다. 그런데 앤은 다이애나의 결혼식을 상상하고 울음이 터졌다고 대답하지요.

"……그리고 들러리를 서는 나도 퍼프소매가 달린 근사한 옷을 입고 있어요. 얼굴은 웃고 있지만 가슴은 찢어질 듯 아파요."

일본어로 '가슴이 찢어질 듯하다'는 말은 쓰이지 않지만, 앤에게는 없어서는 안 될 말입니다. 그리고 일본의 나이 든 세대도 더는 사용하지 않는 말이 풍부하게 담겨 있다는 점이 참 좋습니다.

"음, 그런데, 이제, 그러니까, 머다랗지는 않단다. 겨우 1마일 남았는걸." 매슈의 말입니다.

"어이쿠 참! 어이쿠 참!", "자, 이제 뚝 눈물을 훌닦으려무나.", "이렇게 여기까지 와주었구먼. 앤 양, 어머, 벌써 이렇게 쑥 자랐구나." 이것은 배리 할머니의 말입니다.

"곧 당신이 데리러 온다고 똑 부러지게 말하더라고." 브라이트 리버 역장의 말.

"왕일(往日, 지난날)처럼 놀라지도 않았고, 당신이 안됐다고 생각하지도 않아요."

"앤이 입을 옷을 고르는 거죠? 그야 더할 나위 없어요." 린드 부인의 말. 우리 할머니가 쓰던 말과 똑같아요. 이런 언어가 풍기는 딱 꼬집어 말할 수 없는 분위기가 정말 좋아요.

꿈꾸던 손님 침실

손님방 침대에서 자는 일이 앤의 간절한 소원이었어요.

그래도 초록 지붕 집의
손님방에서
잘 수 있다고는
생각도 하지 못했어요.

초록 지붕 집의 낡은 손님방은
나한테 마치
신의 궁전 같았어.

훌쩍 성장한 앤은
나중에 다이애나에게
이렇게 말합니다

꿈에서나 바라던 손님방에서 잠을 잘 수 있었지만(다이애나 집의 손님방),
뜻하지 않은 사고(?) 때문에 물거품이 되고 말았습니다.

누가 더 빨리 침대로
들어가는지 시합하자.

다이애나의 고모할머니인
조세핀 배리 할머니가
예기치 않게 손님방에서
주무시고 계셨기 때문입니다

침대에서 잠이 들었던
배리 할머니는 숨이 넘어갈 만큼
깜짝 놀랐기 때문에 불같이
화를 내고 말았습니다.

앤, 잊지 말아라.
도시로 나올 때는 꼭
우리 집으로 와야 해.
그러면 손님방 침대를
잘 꾸며두었다가
너에게 내줄 테니까.

이 말은 나중에
현실로 이루어졌어요
하지만 막상
꿈이 실현되고 나니,

그렇지만 앤은 오히려
배리 할머니와 친해졌어요.

"역시 배리 할머니는
속이 깊은 분이셨어요."

과연 앤은 사과의 달인!

"어쩐지
내가 기대한 것만큼
대단하지는 않았어요,
마릴라 아주머니."

앤이 제일 좋아하는 봄

"초록 지붕 집에 또다시 봄이 찾아왔습니다. 아름답지만 변덕스럽고 감질나게 찾아오는 캐나다의 봄. 4월부터 5월에 걸쳐 기분 좋은 상쾌한 날이 이어지고, 저녁해가 분홍빛으로 구름을 물들이지요. 모든 것이 다 부활이라도 하듯 새싹을 틔우면서 하늘을 향해 쑥쑥 자랍니다. '연인의 오솔길'에 있는 단풍나무는 새빨간 봉오리를 맺고, '드라이어드 샘' 근처에는 이파리 끝이 돌돌 말린 여린 고사리가 기운차게 고개를 내밀었지요."

산사나무 꽃 꺾기

산사나무 꽃은 에이번리의 봄을 알려주는 꽃입니다.
앤은 이 꽃을 무척이나 좋아했습니다

"내가 산사나무 꽃을
어떻게 생각하고 있는지 아세요?
마릴라 아주머니."

"저 꽃은 작년에 죽은 꽃의 영혼이에요.
그러니까 죽은 꽃들의 천국이 틀림없다고 생각해요."

햇살이 반짝반짝 내리쬐는 오후,
학교의 아이들은 모두 산사나무 꽃을 따러 나갑니다.

"우리는 어떤 오래된 우물 옆 이끼가 무성하게 낀
움푹 꺼진 곳에서 도시락을 먹었어요.
그곳은 참으로 낭만적이에요."

"필립스 선생님이 프리시 앤드루스에게
산사나무 꽃을 주는 장면을 보고 말았어요."

"나한테도 산사나무 꽃을
주겠다는 사람이 있었지만
눈길도 주지 않았지요."

"그 사람 이름은
말할 수 없어요."

"다들 산사나무 꽃으로 화관을 만들어 모자 위에 얹었어요."

"그리고 집에 돌아올 때는 꽃다발이나 화환을 손에 들고
〈언덕 위 우리 집〉노래를 부르면서 두 사람씩 짝을 지어 손을 잡고 나란히 걸어왔어요."

"아아, 정말 근사했어요, 마릴라 아주머니.
길에서 만난 사람들이 다들 발길을 멈추고 우리를 배웅해주었어요.
우리가 엄청나게 눈길을 끌었다는 말이겠지요."

산
사
나
무
에

대
한

진
실

"산사나무가 없는 나라에 사는 사람은 정말로 가엾어요. 그런 사람들
은 더 좋은 것을 갖고 있을지 모른다고 다이애나는 말했지만요. 산사
나무 꽃보다 더 좋은 것이 있을 리 없어요."

앤이 이렇게 마음을 빼앗긴 산사나무 꽃.

원서에서 '메이플라워(Mayflower)'인 이 꽃은 어떤 꽃일까요? 옛날부터 그것이 궁금했습니다.

식물도감을 찾아보거나 외국 잡지를 들여다보기도 하다가 결국 통신판매로 주문해서 산사나무 묘목을 구입했습니다. 그래서 드디어 산사나무 꽃을 실물로 볼 수 있었지요.

그렇지만 분홍빛 매화꽃과 닮은 이 꽃은 멀리서 바라보면 예쁘지만, 그렇게까지 마음을 빼앗길 만한 꽃은 아닌 것 같았습니다. 게다가 가지에는 날카롭고 긴 가시가 나 있어서 꽃다발을 만들 생각이 들지 않았어요. 도감에 따르면 산사나무는 종류가 대단히 다양하다고 하니까 앤이 사랑한 산사나무는 분명히 예쁜 산사나무이겠거니 했습니다.

그 후 봄에 영국을 여행했을 때 흰색과 분홍색이 다채롭게 섞여 있는 꽃을 피운 아름답고 수려한 나무를 봤습니다.

"혹시 저 나무가 산사나무인가요?" 일본인 가이드에게 물었더니 망설임도 없이 "네, 산사나무입니다" 하고 대답해주더군요. "아, 이런 나무라면 앤이 마음을 빼앗기고도 남겠구나. 드디어 찾아냈어!" 이렇게 기뻐하면서도 한편으로는 그래도 좀 미심쩍은 마음이 들었습니다. 그래서 귀국해서 조사해봤더니 역시 야생 사과꽃이었습니다.

그런 일이 있고 나서는 산사나무에 대해 알아보는 일은 그만두었지만, 이 책을 만들 즈음 다시 읽어보았더니 앤이 좋아한 꽃은 산사나무 꽃과 모양이 전혀 달랐습니다.

당황한 나머지 생각하다 못해 프린스에드워드섬에 몇 번이나 가본 A씨에게 편지로 물어보았습니다. A씨의 답장으로 오랫동안 품고 있던 의문이 걷혔습니다.

영국에서는 산사나무(Hawthorn)를 메이플라워라고 부르는데, 캐나다에서는 메이플라워라고 하면 트레일링 아부투스(Trailing Arbutus)를 가리킨다고 합니다. 키가 작고 귀여운 꽃이라는군요. 일본에서 이 꽃과 닮은 꽃을 찾는다면 이와나시(철쭉과의 상록 교목)라고 하고요.

내가 조사한 도감에는 나오지 않았기 때문에 이렇게 소동을 벌이기까지 한 것인데, A씨에게 좋은 뉴스를 한 가지 더 들었습니다.

내가 무척 좋아하는 미국의 그림책 작가 타샤 튜더(Tasha Tudor)의 그림책에도 트레일링 아부투스가 나온다는 것입니다. 그 책을 들여다보면 타샤 튜더도 이 꽃을 매우 사랑한 듯, 잔뜩 그려놓았습니다.

이제야 메이플라워가 어떤 꽃인지 확실하게 안 것은 기쁘지만, 발음이 예쁜 '산사나무'라는 이름과 헤어진다는 생각에 기분이 좀 쓸쓸하고 복잡합니다.

유령의 숲

앤과 다이애나는 가문비 나무 숲에 '유령의 숲'이 라는 이름을 붙이고, 그 곳에서는 꺼림칙한 나쁜 유령이 나온다고 상상했 습니다. 앤은 날이 저물 어 그 숲을 지나가야 했 을 때 자신이 만들어낸 상상에 심장이 얼어붙어 몸이 떨리고 맙니다.

상상력

초록 지붕 집에 오기 전에는 친구가 없었기 때문에 앤은 유리문에 비친 자신의 모습을 유리 저편에 사는 여자아이라고 상상했고, 그 아이에게 케이티 모리스라는 이름을 붙이고 사이좋게 지냈습니다.

그 아이와 헤어져야 할 때가 오자 가슴이 찢어지는 것처럼 슬퍼할 만큼, 앤에게 케이티의 존재는 상상의 영역을 뛰어넘습니다.

앤이 상상한 또 다른 친구는 아름다운 초록 계곡에 사는 메아리 비올레타입니다.

메아리는 우리가 큰 소리로 '야호!' 하고 외치면 되돌아오는 울림 소리를 말합니다. 비올레타는 큰 소리를 내지 않아도 한 마디 한 마디 빠짐없이 되돌아온다고 합니다.

앤은 초록 지붕 집으로 오면서 '유령의 숲'이라고 이름 붙인 숲에 상상으로 몇몇 유령을 만들어냈습니다. 그런데 정작 자기가 만들어낸 유령을 정말 무서워하면서 벌벌 떨었지요. 이렇게 울창한 숲이라면 앤 처럼 상상력이 풍부하지 않더라도 무서워서 저녁때나 밤중에 숲속을 지날 수 없을 것 같습니다.

'유령의 숲'이라는 말을 들으면 금방 떠오르는 산길이 있습니다. 어릴 적은 말할 것도 없고 지금도 그곳을 밤중에 지나가는 일은 무서 워서 꺼려집니다.

"아주머니는 현실에 있는 것과 다른 것을 상상한 적이 없으세요?"

앤이 이렇게 묻자 마릴라는 한마디로 없다고 딱 잘라 대답합니다. 마릴라는 이런 성격이기 때문에 무서워하는 앤에게 숲을 통과해서 다 녀와야 하는 심부름을 아무렇지도 않게 시킵니다.

앤은 초록 지붕 집의 근처에 유령뿐만 아니라 온갖 것을 상상으로 만들어냈습니다.

상상의 즐거움을 잘 알고 있는 앤은 '상상하는 사람과 상상하지 않는 사람'으로 사람을 나누려고 하는 듯합니다.

"저, 할머니는 상상력이 있는 분이신지요, 배리 할머니?"

"내 상상력은 살짝 녹이 슬었을지도 모르겠구나. 구사하지 않은 지 꽤 오래되었거든."

이런 유머 있는 대답을 들려주는 배리 할머니에게 앤은 곧바로 자기와 '닮은 사람'이라는 냄새를 맡아냅니다.

누구나 상대의 마음을 배려해주는 상상력이 있다면, 이 세상의 불쾌한 일은 거의 없어지지 않을까요?

목사님 부부를 초대하다

목사님 부부에게 다과를 대접하기 위한 융숭한 준비에 앤은 그만 흥분하고 맙니다.

"과자도 여러 종류로
준비해놓았단다,
다이애나."

"정말이지 다이애나, 요 이틀 동안은 마릴라 아주머니도 나도 말도 못하게 바빴어.
목사님 부부께 다과를 대접하는 일은 여간 큰일이 아니야. 우리집 부엌을 좀 들여다보렴."

다과 모임인데 이렇게 요리를 많이 만들었어요!
아, 힘들었겠다.

"레이어 케이크는 내일 내가 만들려고 해.
잘 부풀어 오르면 좋을 텐데 말이야."

"어머, 저것 좀 봐, 다이애나.
근사한 무지개 아니니? 우리가 돌아오고 나서
숲의 여신이 무지개 스카프를 두르고
나타난 것이 아닐까?"

레이어 케이크는 폭신하게 잘 부풀어 올랐습니다. (이 식탁에는 아직 올리지 않았지만)
앤은 장미와 인동덩굴을 한가득 올려놓아 테이블을 장식했습니다.
앤이 장식한 테이블은 목사님 부부에게 칭찬을 들었지만,
결국 레이어 케이크는 실패하고 말았습니다.

다
과
회

에이번리에서는 여기저기에서 다과회가 열립니다.

　그것은 하나같이 초대장을 발송하는 정식 모임이지요. 앤은 목사관의 다과회에 초대받았을 때 처음으로 자기 앞으로 보내준 초대장을 받았습니다.

　"어머나, 이것 보세요. '초록 지붕 집의 미스 앤 셜리께'라고 쓰여 있어요. '미스'라고 불린 적은 태어나서 처음이에요. 무슨 말을 해야 할지 모르겠네요. 가슴이 두근거려요. 이 편지는 영원히 보물로 간직할 거예요." 앤은 흥분했어요.

마릴라가 목사 부부를 초대한 다과회에 내놓는 요리는 '이래야 가히 다과회라 할 만하지' 하고 생각할 만큼 성대합니다. 닭고기 젤리, 차가운 소 혓바닥 요리, 젤리 두 종류, 과일을 넣은 케이크, 생크림과 레몬 파이, 체리 파이, 자두 설탕 절임, 쿠키 세 종류, 파운드케이크와 레이어 케이크, 비스킷, 새 빵과 묵은 빵 등등. 장미 꽃봉오리와 잔가지가 달린 제일 좋은 다기(茶器)를 갖추고, 초대를 받은 사람도 초대를 한 사람도 나들이옷을 입고 정갈하게 차를 마시거나 음식을 먹었습니다.

앤이 다이애나를 초대했을 때 다이애나는 두 번째로 아끼는 나들이옷을 입고 옵니다. 두 사람은 어른 흉내를 내며 정식 다과회인 것처럼 짐짓 점잔을 빼고 인사를 나눕니다. 첫 번째로 아끼는 나들이옷, 두 번째로 아끼는 나들이옷을 이웃 사람이 알고 있다는 점도 재미있습니다.

앤은 다이애나 집의 다과회에 초대를 받았습니다. 이때는 정식 모임이 아니었는데도, 배리 부인은 앤이 다이애나의 동생 미니 메이의 생명을 구해준 은인으로 여기고 제일 좋은 다기로 대접합니다. 앤은 감격하고 말지요.

우리 집도 오후에는 반드시 차를 마십니다. 때로 패치워크 모임을 끝내고 차를 마실 때는 각자 구워온 과자를 내놓는 덕분에 맛있는 차 모임이 됩니다.

몇 년 전 4월에 젊은 친구들을 불러 '에이프릴 크레이지 티 파티'라는 차 모임을 연 적이 있습니다.

초대장에는 손님의 이름 대신 '소 연구가', '고양이 사무소 근무'라고 적었습니다. 당일까지 사람들은 '소 연구가라는 사람은 도대체 누구일까?' 하고 궁금하게 여겼던 듯합니다. 대부분 처음 만나는 사람들이었기 때문에 좀 점잔을 빼고 시작했습니다.

내가 내놓은 차와 음식은 초록 지붕 집에 비하면 보잘것없었지만, 다들 이야기가 통하는 '비슷한 사람들'이었기 때문에 뜰의 테이블에서 부엌의 테이블로 옮기면서까지 웃음꽃이 그치지 않는 즐거운 차 모임이었습니다. 그때 주최자인 내가 무슨 옷을 입었는지는 잊어버렸습니다만, 손님들은 과연 몇 번째로 아끼는 옷을 입고 왔을까요?

새뮤얼 로슨 상점

매슈는 일대 결심을 하고
앤의 옷을 장만하러
이 가게에 들렀습니다.

잡화점

잡화점은 옛날에 작은 마을이나 동네에 반드시 있었던 '만물상'을 말합니다. 이런 잡화점에는 식료품, 농기구, 간단한 약 등 일상생활에 필요한 것은 거의 있었습니다.

가게 안에는 벽에 선반이 즐비합니다. 선반 위에는 통조림이나 비스킷, 화장품이 놓여 있고, 천정의 들보에는 삼태기나 램프가 매달려 있지요. 윤이 나는 카운터 위에는 커다란 커피 분쇄기가 있고, 다양한 커피콩이 들어 있는 깡통이 죽 늘어서 있습니다. 유리병에는 색색으로 물들인 사탕이 들어 있고, 어떤 선반에는 둘둘 만 예쁜 천이 잔뜩 채워져 있지요. 손잡이가 달린 자루나 모자, 장갑, 양말을 비롯해 실과 바늘, 리본 등 일용품도 있고, 사과, 감자, 소금, 설탕 등이 들어 있는 통도 있습니다. 이것들이 작은 가게에 전부 다 모여 있기 때문에 가게 주인은 손님이 원하는 것을 지체 없이 바로 꺼내서 카운터 위에 올려놓습니다. 오늘날의 슈퍼마켓과는 달리 가슴이 설레는 가게입니다.

나는 외국의 영화나 책에 나오는 잡화점을 퍽 좋아해서 자주 상상해보았습니다. 그런데 몇 년 전인가 옛날 모습 그대로 남아 있는 진짜 잡화점을 볼 수 있었지요.

미국의 셸번 박물관(Shelburne Museum)은 초기 미국의 생활용품을 집과 가게별로 광대한 부지에 모아놓은 하나의 마을과도 같은 박물관인데, 내가 본 잡화점은 그 안에 있었습니다. 나무판을 얹은 포치(porch, 지붕이 있는 현관 앞 공간)도 있고 창 밑에는 벤치가 있었으며, 상품도 옛날 그대로 진열되어 있었습니다.

내가 오랫동안 꿈꾸어오던 잡화점이 상상한 그대로 펼쳐져 있는 그 가게에서 상품을 하나하나 보고 있는 것만으로도 이야기 속으로 빨려 들어가는 것 같았습니다.

매슈가 앤의 옷을 사러 찾아간 가게도 이런 분위기였겠지요.

매슈는 곰곰이 생각한 끝에 커스버트 집안의 단골이었던 윌리엄 블레어 상점이 아니라 새뮤얼 로슨 상점을 찾아갔습니다. 큰 결심을 하고 가게 문을 열고 들어갔을 때, 젊고 어여쁜 점원 해리스 양이 상냥하게 웃으며 맞아주는데도 당황해서 갈팡질팡하는 매슈의 모습이 눈에 선히 보이는 듯합니다.

매슈는 옷을 사러 왔다는 말을 차마 하지 못해 철 지난 갈퀴나 건초의 씨앗이 있느냐고 물었기 때문에 해리스 양에게 이상한 사람으로 오해를 받았고, 끝내는 흑설탕을 사서 돌아와 마릴라를 질리게 했습니다.

매슈는 결국 린드 부인을 찾아가 상담한 끝에 옷을 마련합니다. 내성적이고 여자라면 질색하는 매슈가 잡화점으로 앤의 옷을 사러 갈 결심까지 하는 것도 무엇이든 갖추고 있는 가게였기 때문이 아닐까요? 아무리 귀여운 앤을 위해서라지만 매슈가 드레스 전문점으로 옷을 사러 가는 일은 생각조차 할 수 없었을 테니까요.

퍼프소매가 달린 드레스

너무나 너무나 갖고 싶었던 퍼프소매 드레스!
앤은 너무 기쁜 나머지 눈물을 흘리고 말았습니다.

이 드레스를 선물하기까지, 매슈는 고민에 고민을 거듭한 끝에 린드 부인에게 조언을 구했습니다.
린드 부인은 흔쾌히 매슈의 뜻을 받아주었습니다.

"앤에게는 고상하고 짙은 갈색이 어울린다고 생각해요. 디자인도 내가 하는 게 좋겠죠?"

어여쁜 갈색 글로리아 비단

"저기 저, 새로 유행하는
소매를 달아주고 싶은데요."
매슈가 말했습니다.

"퍼프소매를 말하는 거죠?
괜찮고말고요.
걱정하실 것 없어요."
린드 부인이 말했습니다.

배리 할머니는
예쁜 아동용 구두를 선물했고

퍼프소매가 아직도 유행하고 있어서 정말 다행이었어요.
이런 드레스를 입지 못하는 동안 유행이 지나가버렸다면
미련이 남아 안타까웠을 거예요.

린드 부인은 드레스에
어울리는 갈색 리본을
선물했습니다.

"저 가엾은 아이가
처음으로 다른 아이와
같은 옷을 입을 수 있다니,
잘 되었지 뭐야."

"그런데 매슈가 이렇게
여자아이 옷까지 챙기다니
뜻밖이야."

이런 차림으로 음악회 무대에 올라가
시를 낭독한 앤은 갈채를 받았습니다.

"무대에 올라가자마자 머릿속이
하얘지고 말았어요. 그렇지만 퍼프소매를
생각하니까 용기가 났어요. 이 소매를
위해서라도 최선을 다하겠다고 말이에요."

옷
이
야
기

앤이 고아원에서 입고 온 옷은 누르스름한 모직 혼방에 작아서 꼭 끼는 옷이었습니다.

나중에 마릴라가 만들어준 옷 세 벌도 이 옷과 별반 다르지 않았지요. 갈색 깅엄, 흑백 바둑판무늬가 있는 새틴, 그리고 나머지는 우중충하고 칙칙한 파란색 사라사 옷으로 하나같이 똑같은 모양이었지요.

예쁜 옷을 기대한 앤은 실망하지만, 싹싹하고 밝은 성격답게 그 중 한 벌을 하얀 모슬린 옷이라고 상상합니다.

그렇지만 이 옷들을 떠올리면, 앤이라고 해도 웬만큼 마음을 단단히 먹지 않으면 그렇게 상상하기 어려웠을 것 같다는 생각이 듭니다.

내가 이 노트에 그린 앤의 옷에는 다 작은 하얀 소매를 달아놓았지만, 고아원도 그렇고 마릴라도 실용적이지 않은 소매 따위는 달지 않았던 것이지요.

앤은 매슈에게 퍼프소매가 달린 드레스를 선물받기까지 마릴라가 지어준 옷을 입고 지냈습니다.

다른 여자아이들은 분홍색이나 파란색에 귀엽게 부풀어 오른 퍼프소매가 달린 옷을 입고 있었을 테니까, 아무리 상상력이 뛰어난 앤이라도 가끔은 속이 상했을 듯합니다.

하지만 내게는 앤이 예쁘게 부풀어 오른 퍼프소매를 입지 않은 점이 친근하게 다가왔습니다. 다이애나가 입고 있던 폭신한 드레스를 입었다면 예스러운 티가 나서 '앤은 옛날 사람'이라고 생각했을 테니까요.

게다가 부드럽게 부풀어 있는 드레스를 입고 달리기를 하거나 지붕 위에 올라가는 일은 생각할 수 없습니다.

아무런 장식도 없이 짧고 단순한 디자인의 옷과 활발하고 건강한 앤의 모습이야말로 내 상상 속에서는 딱 어울리는 조합이었습니다.

따라서 열다섯이 되어 새하얀 오건디 드레스를 멋지게 입어내는 장면을 읽었을 때는 앤이 별안간 어른으로 성장한 것 같았고, 나만 어린아이로 남겨진 것 같아 쓸쓸한 느낌마저 들었습니다.

앤의 스타일은 어딘가 훌륭한 점이 있습니다. "앤이 입는 옷은 마치 앤의 일부가 되어버린 것처럼 보여." 앤은 이런 말까지 듣지요. 시대는 변했어도 멋쟁이 여성이라면 누구라도 이런 말을 들었을 때 가장 자랑스럽지 않을까요?

몽고메리는 자신의 스크랩북에 드레스의 옷감이나 스타일 도안을 붙여놓았습니다. 이 스크랩북은 그녀 자신이 멋을 낼 줄 아는 여성이었음을 엿보게 해주지요. 물론 나도 멋 내기를 아주 좋아하기 때문에 앤이나 다이애나가 입은 옷에 대한 여러 가지 이야기를 나누는 것이 즐겁습니다.

잊을 수 없는 추억

배리 할머니의 초대를 받고 샬럿타운에서 지낸 사흘 동안은
앤에게 언제까지나 잊을 수 없는 추억이었습니다.

배리 할머니는 두 사람을
박람회에 데려갑니다.

조시 파이가 레이스 뜨개질 부문에서 1등상을 받는 등
에이번리 사람들의 활약도 대단했습니다.

앤은 보는 것마다 온통 신기하고 즐거웠습니다.

"그리고요, 점을 치는 사람이
있었어요. 작은 새가 손님의 운이
적힌 종이를 뽑았어요.
내 운은 말이지요, 그러니까…"

"경마는 정말 매력적인 시합이구나."

"기구를 타고 하늘로 올라간
남자도 봤어요. 나도 타보고싶은데…"

돌아올 때 배리 할머니는
"어땠어? 재미있었니?"
하고 묻습니다.
앤은 "난 말이지요,
1분 1초가 다 즐거웠어요"
하고 대답합니다.
그러고 나서 배리 할머니의
목을 껴안고 주름진 뺨에
입을 맞추었어요.

그다음 날, 두 소녀는
마차를 타고 공원을
둘러보았고, 밤이 되자
배리 할머니는 두 사람을
음악학교에서 열린
음악회에 데려갑니다.
유명한 프리마돈나가
노래를 불렀습니다.

"행사가 끝났을 때에는 너무 아쉬워서
배리 할머니께 말씀드렸어요.
나는 이제 평범한 생활로 다시
돌아갈 수 없을 것 같다고요."

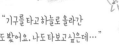
아이스크림을 먹으면
기분이 달라질지도 몰라.

"오, 마릴라 아주머니,
말로는 이루 다
표현할 수 없어요."

"그런데 마릴라 아주머니,
가끔은 밤 11시에 화려한 레스토랑에
가서 아이스크림을 먹는 것도 좋지만,
매일이라면 밤 11시에 동쪽 내 방에서
꿈나라로 가는 것이 더 좋아요."

어린 시절이여, 안녕

"자, 생각해보렴, 다이애나. 난 오늘로 열세 살이 되었어.
열세 살이라니, 믿을 수가 없구나.
오늘 아침 눈을 떴을 때, 모든 것이 달라진 것처럼 느껴졌어.
······이제 2년만 더 있으면 난 진짜 어른이 될 거야."

GREEN GABLES

WINTER

Sachiko

에이번리의 겨울

겨울의 숲도 여름의 숲만큼이나 아름다워요.
눈이 들어 있는 동안 멋진 꿈을 꾸는 것 같아요."

에이번리의 겨울은 서리도 눈도
무척 아름답습니다.

"아, 아저씨, 멋진 아침이에요.
이 나무는 내가 숨을 한 번 불면 훅 날아갈 것 같아요.
후——!
난 새하얀 서리가 있는 세계에
살고 있다는 것이 정말 기뻐요."

크리스마스 아침에는
새하얀 은빛 나라가 되었어요.

앤은 동쪽 방 얼어붙은 창 너머로
아름다운 세계를 기쁜 듯이 바라봅니다.

눈이 적게 내릴 때는
자작나무 길을 걸어서
학교에 갑니다.

"겨울에는 따뜻한 집에
틀어박히는 것도 퍽 멋진 일이야."

"바깥은 꽁꽁 얼어붙었어도 집 안에는
스토브가 빨갛게 달아올라 있어."

"훈훈한 부엌에서 매슈 아저씨가
꾸벅꾸벅 조는 모습을 보는 것도 행복한 일이야."

공부

앤은 열심히 공부합니다.

여자아이가 주인공인 이야기 가운데 이토록 공부하는 장면이 자
주 나오는 소설은 드문 것 같아요. 앤이 다닌 학교는 교실 하나에 다양
한 연령층 아이들이 함께 모여 공부하는 옛날식 학교인 만큼 적당히
느긋하게 공부하겠지 싶었습니다.

그러나 본격적인 입시 시험도 있고, 보충수업도 하고, 성적도 발표하는 등 지금과 비교해도 그다지 다를 바 없습니다.

앤의 시대에는 '여자아이를 공부시킬 필요는 없다'는 사고방식이 일반적이라고 생각했습니다만, 마릴라가 진보적인 사고방식을 갖고 있다는 점에는 꽤 놀랐습니다.

"여자는 그럴 필요가 있든 없든, 혼자서도 제대로 살아갈 수 있도록 능력을 갖추어놓는 편이 좋다고 생각해."

이 말은 이 책을 만들기 위해 《빨간 머리 앤》을 다시 읽으면서 처음 눈에 띄었습니다. 당시에 마릴라가 이런 말을 당연하다는 듯 하리라고는 생각도 하지 못했어요.

시험공부만 하는 것은 아닙니다. 스테이시라는 젊고 마음 따뜻한 선생님의 지도 아래 에이번리 초등학교의 학생들은 도덕적으로도 올바르게 쑥쑥 자라납니다.

"난 진심으로 스테이시 선생님을 사랑해요, 마릴라 아주머니. 단아한 모습에 목소리도 듣기 좋으니까요. 내 이름을 부를 때도 끝에 붙어 있는 e자 발음을 정확하게 해주신다는 것을 금방 알 수 있어요."

야외 학습이나 체조, 자유 과제인 작문, 시의 암송 등은 즐거운 수업이었지만, 기하만은 앤에게 커다란 장벽이었어요. 아무리 상상력을 발휘해도 앤에게 기하가 어려웠던 것을 보면, 내가 기하를 못한 것도 당연할지도 모르겠네요. 나도 기하를 참 싫어했거든요. 하지만 현대 소설이라면 몰라도 옛날 소설 가운데 과연 주인공이 기하 때문에 괴로워하는 이야기가 있었을까요? 이 점도 내가 앤을 친근하게 느낀 이유였습니다.

스테이시 선생님은 공부뿐 아니라 어른이 되는 자세도 가르쳐줍니다.

"십대에 어떤 습관을 기르고, 어떤 상상을 하는지가 정말 중요하대요." 앤은 마릴라에게 이렇게 말합니다.

길버트와 함께 1등으로 퀸스 아카데미에 들어간 앤은 장학금을 받고 레드먼드 대학에 들어가 문학을 전공하자고 결심합니다.

"내가 문학사 학위를 받으면 매슈 아저씨가 얼마나 기뻐하실까? 아아, 야망을 갖는다는 건 즐거운 일이야." 이렇게 성심으로 공부하는 앤의 말에 감동했으면서도 '왜 앤을 따라 열심히 공부하지 않았을까?' 하고 뒤늦게나마 후회하고 있습니다.

오건디 드레스

"이렇게 옷 생각만 하는 건 나쁜 일이겠지?" 이렇게 말하는 앤.
하지만 옷에 관한 이야기는 누구에게나 다 즐겁습니다.

오늘은 화이트 샌즈 호텔에서 음악회가 열립니다. 시를 암송하기 위해 출연하는 앤을 위해
다이애나가 동쪽 방에서 옷매무새를 만져주었어요.

"이 작은 백장미를
귀 뒤에 꽂을게."

"앨런 사모님은 이 헤어스타일이
성모마리아 같다고 하셨어."

다이애나는 주위에서 옷 입는 감각이
뛰어나다는 평판을 받고 있었어요.

작가 몽고메리는 멋을 잘 내는 사람이었던 것 같아요.
옷에 관한 이야기가 많이 나오거든요.

모슬린과 오건디,
특히 모슬린 드레스가 자주 나옵니다.

가장 좋아하는 분홍색을 포기한
앤에게는 흰색과
초록색 드레스가 많아요.
특히 초록색 드레스가요.
빨간 머리 앤에게는
초록색이 어울리지요.

모슬린은
모직인 줄 알았는데
얇은 면직물이더라고요.

다이애나는 열다섯 살이 된
앤에게 말했습니다.

"너는 스타일이 참 좋아.
머리를 올리면 꽤 위엄이 있거든."

이때부터 앤은 스스럼없이
'넌 어딘가 남다른 멋이 있어'
라는 말을 들어요.

어쩐지 미인이라는 말보다
이 말이 훨씬 근사하게 들려요.

길버트

"오늘은 길버트 블라이스가 학교에 올 거야. 그 애는 정말 멋져."

소문이 무성한 길버트는 키가 크고 다갈색 곱슬머리에 갈색 눈에는 장난기가 가득했고, 입가에는 사람을 조롱하는 듯한 미소를 머금었습니다. 그는 길게 땋아 늘어뜨린 루비 길리스의 금발을 의자 등받이에 핀으로 고정하는 장난을 치느라 정신이 없었습니다.

이 장난을 지켜보고 있던 앤을 향해 길버트는 짓궂은 표정으로 눈을 찡긋했습니다.

그 후 길버트는 앤의 머리카락을 잡아당기며 "홍당무! 홍당무!" 하고 놀렸지요. 벌떡 일어나 석판을 휘두르는 앤. 길버트의 머리를 내려쳐 석판을 두 동강을 내고는 그 자리에서 당장 절교해버립니다.

이후 앤은 변함없이 어린애처럼 계속 화를 내지만, 길버트는 개구쟁이였다고는 믿어지지 않을 만큼 척척 어른이 되어버립니다. 앤보다 나이가 많았기 때문일까요?

몇 번이나 사과해도 앤이 받아주지 않자 길버트도 앤을 무시하기 시작했습니다. 그런데 바로 이때부터 앤은 길버트가 신경 쓰이기 시작하는 겁니다. 여자아이라면 누구나 이런 마음의 흔들림을 경험하지 않을까요.

앤은 자기도 모르게 '길버트의 갈색 눈은 얼마나 맑고 예쁜지……' 하고 생각합니다. 그런가 하면 다이애나는 앤이 머리에 꽂았던 들장미가 떨어지자 길버트가 주워서 웃옷 주머니에 꽂는 것을 보고 앤에게 말해주기도 하지요.

앤과 길버트의 로맨스를 예감할 수 있는 복선은 여러 곳에 깔려 있습니다. 누구라도 사랑을 기대하며 가슴을 두근거리던 소녀 시절이 있었겠지요?

퀸스 아카데미에 다니기 시작하면서 앤은 이렇게 생각합니다. "만약 길버트와 친구가 되었다면 얼마나 좋았을까? 그러면 우리의 새로운 시대나 미래의 포부에 대해 즐겁게 이야기를 나눌 수 있었을 텐데……." 하지만 그럴 기회는 좀처럼 오지 않지요.

길버트는 언제나 루비 길리스와 함께 다녔지만, 루비 길리스는 제인 앤드루스에게 이렇게 말합니다. "길버트가 하는 이야기는 절반도 못 알아듣겠어. 마치 앤이 뭔가 자기 세계에 빠져 있을 때 이야기하는 것과 비슷한 말을 하거든."

앤은 뚜렷한 자기만의 목표를 향해 걸어가는 성실한 길버트를 마음속으로 존경합니다. 그는 매우 믿음직스러워 보입니다.

이윽고 앤과 화해하고 친구가 된 길버트는 날아오를 듯 기뻐합니다.

누구나 자기 나름대로 길버트의 이미지를 갖고 있기 때문에 뚜렷하게 그림으로 그리고 싶은 마음이 없습니다. 앤이 "어쩌면 턱이 저렇게 잘생겼을까?" 하고 길버트를 생각하는 대목이 있는데, 과연 어떻게 생긴 턱일까요?

저녁 무렵 언덕에서

서로가 마음에 들었던 앤과 길버트. 드디어 친구가 되었습니다.

매슈의 무덤에 꽃을 바치러 갔다가 돌아오는 길에 길버트와 마주친 앤은 처음으로 길버트에게 말을 겁니다.

"나한테 교사 자리를 양보해줘서 정말 고마워….."

오랫동안 가시지 않았던 앙금이 드디어 풀리고 (사실 앤이 좀 심하게 굴었지만) 두 사람은 친구가 됩니다.

길버트는 뛸 듯이 기뻐합니다.

"우리는 어쩌면 제일 사이가 좋은 친구가 되지 않을까?"

"우린 서로에게 도움이 될 수 있을 거야.
넌 계속 공부할 거지? 나도 그래."

"너하고 길버트가 문 앞에서
30분이나 서서 이야기를 나눌 만큼
친해질 거라고는 짐작도 못했구나."
마릴라는 이렇게 앤을 놀렸습니다.

앞으로는
좋은 친구로 지내는 편이 좋겠다고
두 사람 다 깨달았어요.
우리는 냉담하게 지냈던
5년이라는 시간을 메꾸어야 해요,
마릴라 아주머니.

앤은 처음으로
인생의 갈림길에 섰습니다.
그렇지만 길버트라는
제일 좋은 친구를 만났습니다.
로맨스는 아직 멀었지만요.

몽고메리의 '요정 나라'로

"생생한 공상의 세계는 요정 나라 지도에 한가득 담겨 있습니다.
난 그곳을 드나드는 여권을 갖고 있답니다.
잠시 동안 난 이상한 모험의 세계에 발을 들여놓고,
이 세상의 시간이라는 제한을 뛰어넘어 자유로운 몸이 될 수 있습니다.
나를 둘러싼 모든 것은 요정 나라가 지닌 아름다움과 매력에 푹 잠겨 있습니다."

flying cloud island

dim blue shores

Some time

elephant park

old time

to-morrow

ete

next time

fast time

the Road that leads to the End of the Wor

day

cominig home time

to day

Short time

young t

new-moon time

good time

good-night time

night time

A MAP of
Elizabeth & Anne's
Fairy Land
by Sachiko

y

long time

요정 나라의 지도

이 지도는 앤과 엘리자베스, 그리고 내가
함께 공상을 해서 그렸습니다.
어제와 오늘과 내일을 맺어주는 것은
'세계 끝까지 이어진 길'입니다.

요정 나라의 여권

몽고메리는 자서전《험난한 길(The Alpine Path : The Story of My Career)》에서
'요정 나라'로 들어갈 수 있는 여권을 갖고 있었다고 말합니다.

몽고메리는
요정 나라로 가는 여권을
어떻게 손에 넣었을까요.

숲속으로 비치는 아침 햇살, 대낮의 태양,
저녁 무렵의 숲을 알고 있을 것. 그 모든 것을 좋아할 것.

반짝거리는 별, 저녁에 뜨는 달,
밤하늘에 움츠러드는 구름, 파도 소리, 빗소리, 바람 소리,
눈 오는 밤, 파도에 재잘거리는 섬, 들꽃…
이 모든 것을 좋아할 것.
조건은 이것뿐이었습니다.

몽고메리가 요정 나라로 가는 여권을
갖고 있어서 정말 다행이라고 생각해요.

엘리자베스와 앤이 그린 요정 나라

앤은 작은 엘리자베스와 함께 '요정 나라의 지도'를 만들었습니다.

봄의 시간

긴 시간

짧은 시간

엘리자베스와 앤이 만든
'요정 나라의 지도'에는
'시간'이 많습니다.
마치 '시간의 나라'인 것 같습니다.

초승달의 시간

산의 시간

요다음 시간

나이 든 시간

젊은 시간

각각의 '시간'을 가리키는
작고 빨간 화살표가 곳곳에 그려져 있습니다.

잃어버린 시간

낮의 시간

밤의 시간

언젠가의 시간

즐거운 시간

'내일'이 오면
개 100만 마리와
고양이 45마리를 키울 거야.

이른 시간

집으로 돌아오는 시간

늦은 시간

태고의 시간

이 나라에는 슬픈 시간이 없습니다.

'잃어버린 시간'으로 돌아가고 싶은
어른의 소망도 이루어주는 나라입니다.

작은 엘리자베스

서머사이드에 살 때 앤은 하숙집 가정부 레베카 듀 대신 이웃에 우유를 전해주다가
그 집에 사는 아이 엘리자베스와 친구가 됩니다.

"그러면 네가 엘리자베스니?"
"오늘 밤은 아니에요."
"오늘 밤 나는 베티예요. 왜냐하면 오늘 밤은 온 세상의 모든 것을 다 좋아하거든요.
어젯밤에는 엘리자베스였어요. 내일 밤은 아마 베스가 될 거예요. 내 기분에 따라 이름이 달라져요."

그 고양이를 들어 올려서
내가 쓰다듬을 수 있게
해주지 않을래요?

엘리자베스(Elizabeth)는

자기 이름을 기분에 따라
여러 가지로 바꿉니다. 엘시(Elsie), 베티(Betty),
베스(Bess), 엘리자(Eliza), 리즈베스(Lisbeth), 베스(Beth).

"그 '내일'에서는
개를 100만 마리,
고양이 45마리를
키울 거야."

작은 엘리자베스는 무서운 할머니와
냉정한 시녀에게서 도망쳐 '내일'에 사는 꿈을 꿉니다.

작은 엘리자베스는 매우 좋아하는 셜리 선생님과 일주일에
두 번, 저녁 무렵에 산책해도 된다는 허락을 받습니다.

두 사람은 요정 나라의 지도를 만듭니다.

이 근처 어딘가에
섬이 있어요.
'하늘을 나는 구름'이라는
이름이에요.

꿈과 희망이 그득하게
담긴 요정 나라….
오늘은 엘리자베스가
굉장히 좋아하는 이미지의
공원을 그려 넣었습니다.

언제나 '세상 끝까지 이어진 길'을 힘이 닿는 데까지
멀리 걸어갔다가 돌아옵니다.

어느 날 작은 엘리자베스는 가장 사랑하는
아버지를 되찾아 '내일'로 여행을 떠났습니다.
어른이 되고 행복해져서도 어딘지 쓸쓸한 모습이
남아 있는 엘리자베스…. 필시 '요정'으로
살아가려면 어려운 점이 많을 것입니다.

몽고메리와 요정

요정 이야기를 따로 읽지 않아도 몽고메리의 이야기를 읽으면 요정에 대해 많은 것을 알 수 있습니다. 저녁에 치르는 의식도 《은빛 숲의 팻(Pat of Silver Bush)》에 나오는 주디 아주머니에게 배웠습니다. 팻도 나이가 들면 요정이 우유를 마시는 것이 아니라 고양이가 마신다는 것을 알게 되지만, 자작나무 숲에 둘러싸여 있고 꽃이 한가득 피어 있는 고풍스러운 뒤뜰, 커다란 단풍나무가 가지를 뻗은 낡은 두레박이 있는 우물…… 그런 숲이나 뜰에 요정이 있다고 해도 이상하지 않을 것 같습니다. 아주머니가 들려준 이야기 속 아일랜드의 요정은 최근에 많이 출간된 '요정 연구 책'에 나오는 요정과 같습니다. 몽고메리는 요정을 상당히 공부했구나 싶습니다. 아니면 정말 아는 요정이라도 있었는지도 모르지요.

'은빛 숲의 집'에서 거행하는 저녁 의식은 우물가에 요정을 위한 우유 그릇을 놓아
두는 것입니다. 이렇게 하지 않으면 어떤 재앙이 닥칠지 모른다고 주디 아주머니는
팻에게 말해줍니다.

요정을 믿니?

"요정이 있다는 것을 믿을 기회가 없는 아이는 불쌍해."
주디 아주머니는 이렇게 말합니다.

"아주머니에게 들은 이야기 중에 지금도 기억하고 있는 것이 하나 있어요.
이런 숲에서 놀던 작은 여자아이가 아름다운 음악에 취해 요정의 나라로 끌려가버렸다는 이야기예요." —팻

"아주머니, 아주머니는 요정이
우유를 마시는 것을 본 적이 있어요?
맹세할 수 있어요?" —팻

나는요, 개밥바라기별은
요정 나라에 있는 등대라고
생각해요.
—폴 어빙

"내가 초승달을 뭐라고 생각하는지 아세요, 선생님?
꿈을 잔뜩 실은 금빛 조각배라고 생각해요."

"그리고 구름을 타다가 살짝 기우뚱하면
꿈이 조금 쏟아져서 우리의 잠 속으로 떨어지겠지?"

"그래요, 선생님. 아아,
선생님은 알고 계시는군요."
—앤과 폴 어빙

"오늘밤은 틀림없이
언덕에서 요정의 무도회가
열릴 거야. 하지만 길버트,
누구와도 나눌 수 없는 달빛은…,
음—그저 달빛에 지나지 않아."
—앤이 길버트에게

"귀 끝이 뾰족하군! 흘깃 보기만 해도
요정의 나라에 왔다는 것쯤 알아챌 수 있지.
여기 앉으세요, 요정님.
만약 요정도 앉을 수 있다면 말이지요.
그리고 티타니아 궁정의 최근 근황을 들려주세요."
—캐시디 신부가 에밀리에게

"요정이 있어?"
"응, 숲속에 많이 있어."
"옛날 과수원에 매발톱꽃이 피어 있어.
요정을 위해 일부러 매발톱꽃을 심어놓은 거야."
"정말 진짜 요정이야?"
"뭐라고?
무슨 소리야? 요정이 정말로 진짜라면
더는 요정이 아니잖아?"
"그렇겠지?"
　　　　　　　—에밀리와 지미

앤은 작은 엘리자베스와 함께
요정 나라의 지도를 만들었습니다.

"요정의 나라라는 말은
정말 멋지지 않아요?"
"그렇잖아. 그 말에는 인간의 마음속 바람이
남김없이 전부 담겨 있으니까 말이야."
　　　　　　　—에밀리와 딘

"세계에는 반드시 요정이 있어야 해.
요정이 없으면 살아갈 수 없어."
앤은 길버트에게 이렇게 편지를 씁니다.

"음음…,
요정은 믿고 싶어졌지만
마법의 힘은 아직
감이 잡히지 않아."

바로 그거야.
그건 네가 요정이 있다고 믿었기 때문이야.
요정이 있다는 것을 믿을 기회가 없는 아이는 불쌍해.
그러면 평생 동안 얼마나 손해를 보는 건지
알 수 없으니까 말이야.

　　　　　　　—팻과 주디

길을 잘못 들어 발견한 돌집은 불가사의한 매력을 품고 있었습니다. 그 집은 오랫동안 찾아오지 않은 왕자님을 기다리는 공주가 꿈을 꾸고 있는 집이었지요. 평범하게 말하면, 그곳은 미스 라벤더가 살고 있는 '메아리 별장'이었습니다.

전나무 숲 '메아리 별장'의 요정

숲속 깊은 곳에 있는 돌집에서 샬로타 4세와 메아리와 상상력과 함께
살고 있다고 이야기하는 미스 라벤더 루이스.

"자, 웃어보렴. 샬로타."

샬로타 4세는 돌 벤치에 서서 크고 힘차게 웃었어요.
한순간 고요함이 몰려오고 이윽고 근사한 메아리가 돌아왔습니다.

"누구든 내 메아리에는
감동하는 법이지요."

라벤더는 메아리를 자랑합니다.

눈이 내릴 것 같은 어느 날 저녁 '메아리 별장'에 앤이 찾아왔습니다.
요리를 만들고 잔치를 준비하고 사탕을 만든 다음, 두 사람은 사탕을 들고 난롯가에 앉았습니다.
바깥에는 눈이 내리고 있었던 듯합니다.

"우리는 아주 어릴 적부터
약혼한 것이나 다름없었어."

"나한테 스티븐 어빙 이야기를
듣겠다고?"

"어쩌다 두 사람 사이가
어긋났어요?"

"나는 약간 스티븐을 약 올리고 싶었어.
난 허영심이 강하고 요염한 매력이 있었고,
스티븐에게는 경쟁자가 한두 사람 있었거든."

"난 툭하면 뾰로통해지는
성격이야. 잘 삐치거든."

"오만하고 삐치는 성격이 한꺼번에
나오면 아무도 말릴 수 없다고."

"두 사람 다 자존심이 강해서
화가 난채 헤어졌지."

"내가 아직 뾰로통하고 있는 동안
스티븐이 돌아왔는데 난 용서하지 않았어."

"스티븐이 두 번 다시 돌아오지 않으리라는 것을
알았을 때는 하늘이 무너지는 것 같았어."

라벤더의 왕자님은 돌아왔습니다.
'꿈의 남자아이'까지 데리고….

스
위
트
미
스
라
벤
더

앤과 다이애나는 길을 잘못 들어 숲속 소롯길에서 작은 문을 발견하고
마치 홀린 듯 그 문으로 들어갑니다.

　"마치 마법의 숲을 걷고 있는 것 같아. 원래 세상으로 돌아갈 수 있
다고 생각해? 다이애나? 우리는 곧 마법에 걸린 공주님이 있는 성으로
나갈 거야."

그런데 그 말 그대로였습니다. 그곳은 라벤더 루이스가 사는 '메아리 별장'이었으니까요.

"그런데 미스 루이스는 마법의 공주와는 인연이 멀어. 노처녀거든. ……마흔다섯에 머리카락이 새하얗게 셌대." 현실적인 다이애나는 웃으면서 말했습니다.

입구에 나온 하인은 주근깨투성이에 입이 큰 소녀였는데 두 갈래로 땋은 금발을 길게 늘어뜨려 놀랄 만큼 커다란 리본을 달았습니다. 안내받은 방에는 테이블에 여섯 사람을 위한 자리가 준비되어 있었습니다.

"미스 라벤더는 차를 마실 손님을 기다리고 있었어."

그곳에 나타난 라벤더는 정말 마법에 걸린 공주 같았기에 두 사람은 인사하는 것도 잊어버리고 망연히 서서 바라볼 뿐이었습니다.

그녀는 새하얀 머리카락을 멋지게 땋았고, 소녀 같은 복숭앗빛 뺨과 미소를 머금은 입매, 맑고 깊은 갈색 눈에, 엷은 파랑색 장미꽃 무늬가 흩뿌려진 크림색 모슬린 드레스가 잘 어울립니다.

"이 차는 손님이 있는 '척'을 하는 것뿐이니까 꼭 함께 차를 마셔주세요. 이렇게 손님맞이를 좋아하는데 이곳이 숲 안쪽으로 퍽 깊이 들어와 있어서 좀처럼 사람이 찾아오지 않아요. 그래서 때때로 이렇게 손님이 있는 '척'을 하고 있어요."

이 말을 듣고 다이애나는 마흔다섯이나 되어도 소꿉놀이를 한다 니 역시 별난 사람이라고 속으로 고개를 내젓습니다. 하지만 앤은 기 뻐하면서 "어머나, 미스 라벤더도 상상을 즐기시는군요!" 하고 외쳤습 니다.

라벤더와 앤은 곧바로 사이좋은 친구가 됩니다. 그녀는 오직 단 한 명의 왕자를 잊지 못하는 사랑스러운 사람입니다. 동시에 자신을 객관적으로 보여주는 현실적인 면과 유머 감각을 두루 갖춘, 멋들어진 성인 여성입니다.

"물론 이렇게 나이가 든 주제에 바보 같다고 생각하지만 남에게 폐를 끼치는 것도 아니고, 바보 같은 짓 하나쯤도 못한다면 이렇게 독 신으로 살아가는 보람이 없지 않겠어요?"

작은 하인의 이름은 샬로타 4세라고 하는데, 라벤더를 한없이 숭 배합니다.

"저 아이는 내 공상을 마음속으로는 어떻게 생각하든 얼굴에는 절 대로 나타내지 않는답니다. 다른 사람이 날 어떻게 생각하든 겉으로 드러내지 않는다면 조금도 상관하지 않아요."

"노처녀가 전부 미스 라벤더 같다면 분명히 독신 생활이 대대적으 로 유행하겠지요." 앤이 이렇게 말하자 라벤더는 다음과 같이 명확한 대답을 해줍니다. "난 무슨 일이든 정성을 다해 하는 것을 좋아해요. 세상 사람들은 나를 별나다고 말하는데, 그건 내 나름대로 개성적인 독신 생활을 누리고 있기 때문이지요. 전통적인 방식을 따르지 않으니까요."

앤이 공상하는 세계를 그대로 현실로 살고 있는 사람이 있었던 셈입니다. 앤은 진정한 '친구'를 찾아낸 것입니다.

행복한 나라로 가는 길

에이번리 초등학교 선생님이 된 앤. 학생들을 한 사람 한 사람 살펴보다가, 낯익은 마을의 아이가 아닌 남자아이의 파란 눈과 마주칩니다. 그 아이의 파란 눈을 보고 앤은 '친구'가 반짝거리는 것 같아 가슴이 두근거립니다. 이름이 폴 어빙이라는 이 소년은 2년 전 엄마를 잃고 에이번리에 사는 할머니 집에 와 있습니다.

폴은 학교에서는 다른 남자아이들과 잘 어울려 활발하게 놀지만, 앤이 느낀 것처럼 '꿈을 꾸는 사람'이었습니다. 폴은 해안의 바위들이 사람들이라고 공상하고는 이야기를 지어냅니다. "선생님이라면 이해하시겠죠?" 이렇게 말하며 폴은 앤에게 바위 사람들의 이야기를 들려줍니다. 그러고는 정말 앤이 자신이 생각한 바로 그런 사람이라는 것을 알고 기쁜 듯이 이렇게 말합니다.

"……우리 둘 다 그런 사람들이군요. 그렇죠, 선생님?"

"그런 성격이라면 근사하지 않아요, 선생님?"

"응, 근사하구나."

빛나는 앤의 회색 눈이 파랗게 빛나는 폴의 눈을 내려다보았습니다. 진정한 '친구'와 만난 행복한 순간입니다.

이 대목의 문장을 조금 인용해보겠습니다.

앤도 폴도 "상상의 창문을 열어젖히고 보는 왕국은 얼마나 아름다운가?"를 알고 있었고, 두 사람 다 그 행복한 나라로 가는 길을 알고 있었다. 그곳에는 환희의 장미가 골짜기와 시냇가에 영원히 한창 피어 있고, 햇살이 빛나는 하늘을 가리는 구름은 한 점도 없었고, 맑게 울려 퍼지는 종소리는 박자가 맞지 않는 거슬리는 소리를 결코 내지 않았고, 가슴을 터놓은 친구들이 많은 곳이었다.

그 나라의 지리, '해의 동쪽, 달의 서쪽'을 안다는 것은 어떤 시장에 가도 살 수 없는 귀중한 지식이다. 그 지식은 확실히 갓난아기가 태어났을 때 착한 요정들이 준 선물이고, 나이를 먹는다고 알기 어려워지거나 잃어버리는 일은 없다. 비록 사는 곳은 지붕 아래 다락방일지라도 이 지식을 갖고 있는 편이 이 지식 없이 궁전에 사는 것보다 얼마나 멋지고 훌륭한 일인지 모른다.

몽고메리가 앤과 폴이 친구로 만나는 일에 빗대어 무심코 말해버린 것은 바로 '시인의 마음'입니다. 자기만의 마음의 왕국을 가지고 그곳에 사는 사람.

그렇지만 진정한 '시인의 마음'을 지닌 사람은 인간 세상에 지극히 드물다는 것을 몽고메리는 잘 알고 있었습니다.

앤의 나무 도감

나무를 매우 좋아하는 앤, 팻, 에밀리.
나무를 사랑하던 몽고메리의 작품에는 온갖 종류의 나무가 나옵니다.

구주물푸레나무

포플러나무

자두나무

자작나무

야생사과나무

버드나무

가문비나무

너도밤나무

벗나무

사과나무

삼나무

전나무

소나무

단풍나무

양버들나무

옮긴이 후기를 읽는 즐거움

앤의 이야기 말고도 무라오카 하나코 선생이 쓴 '옮긴이 후기'를 읽는 것을 즐겼습니다. 지금은 몽고메리에 관한 책도 쉽 없이 출판되어 나온 덕분에 그녀에 관해 꽤 많이 알게 되었습니다. 하지만 옛날에는 무라오카 선생의 후기만 읽고 몽고메리에 대해 상상했습니다. 그 밖에도 후기에는 세계 각국에 흩어져 있는 앤의 팬이나 무라오카 선생 앞으로 보내오는 일본 독자의 팬레터 이야기도 있었습니다.

《앤의 행복(Anne's House of Dreams)》(제5권)의 후기를 보면, 목을 길게 빼고 기다리며 앤 시리즈의 제5권을 독촉하는 편지가 매일 몇 통씩 왔다고 합니다. 무라오카 선생은 이렇게 썼습니다. "지금 제5권《앤의 행복》을 발간하면서 제가 얼마나 기쁜지를 상상해주시기 바랍니다."

열렬한 팬이 있다는 것은 기쁜 동시에 매우 무거운 짐이기도 했겠지요.

팬이나 지지자는 제멋대로입니다. 그래서 나도 무라오카 선생이 돌아가셨다는 이야기를 친구의 전화로 전해 들었을 때, 첫마디가 "《에밀리가 바라는 것(Emily's Quest)》의 번역은 다 끝내셨을까?"였습니다.

무라오카 선생은 내 기대대로 번역을 끝내주셨지만, 출간된 책에는 평소와 같은 후기가 아니라 선생의 생애와 업적을 기리는 긴 해설이 달려 있었습니다.

"《에밀리가 바라는 것》이 나옴으로써 '에밀리 북스' 세 권이 완결되었다. 동시에 이 책은 번역가 무라오카 하나코의 마지막 작업이라는 기념적인 책이 되었다. 아니, 그녀의 모든 문학적 노력의 마지막을 장식하는 업적이 되어버렸다."

나메카와 미치오(滑川道夫) 씨는 이렇게 첫머리를 적었고, 또 이렇게 이어갔습니다.

"에밀리 3부작의 완역에는 4년이 걸렸다. 그동안 안질 치료를 위해 입원을 하거나 미국, 캐나다로 여행을 다녀왔는데, 그녀는 전국의 독자로부터 재촉하는 숱한 편지를 받고 '송구하네, 송구해' 하고 말했다. 눈병을 앓으면서도 힘든 번역 작업을 계속하여 이 책의 나머지 원고를 출판사에 넘겼고, 그 달에 생애를 마감했다. 에밀리 3부작을 완성하고 독자에 대한 책임을 다한 것을 그나마 위로로 삼을 수밖에 없다."

이 글을 읽고 나는 죄송한 마음에 가슴이 뻐근해졌습니다. '송구하네, 송구해' 하고 계속 입버릇처럼 말씀하셨다니……. 재촉하는 편지를 쓰지는 않았지만 그 마음은 똑같았거든요.

무라오카 선생님, 에밀리 이야기를 완역해주셔서 감사합니다.

앤와 팻으로는 차마 만족할 수 없는 소녀들에게 에밀리는 그 무엇과도 바꿀 수 없는 소중한 존재라는 것을 선생님은 잘 알고 계시겠죠?

앤
의
말
들

앤이 한 말을 심심찮게 주워 모았습니다만, 마지막으로 참으로 앤다운
말들을 골라내보려고 합니다.

"린드 아주머니는 '아무것도 기대하지 않는 사람은 행복하단다,
실망할 일이 없으니까 말이야'라고 말씀하셨어요. 그래도 난 아무것도

기대하지 않는 편이 실망하는 것보다 훨씬 더 시시하다고 생각해요."

"저기, 마릴라 아주머니, 무언가를 기대하면서 기다리는 일이 바로 기뻐하는 일의 절반이에요."

"내가 상상하는 내 자신을 이야기하라고 하신다면, 아주머니, 훨씬 더 재미있을 거예요."

"잘 모르겠어요. 하지만 상상은 할 수 있잖아요."

"아주머니는 내게 희망을 주셨어요. 앞으로는 언제나 아주머니를 은인으로 여길게요. 아아, 어른이 되면 아름다운 황금빛 다갈색 머리가 될 수 있을지도 모른다는 생각만 하면, 난 모든 일을 견딜 수 있어요."

"청혼한 적이 있으세요, 매슈 아저씨?"

"겨울 사과는 싫으세요, 아저씨?"

"뭐, 예쁜 아이라서 다행이에요. 실은 내가 미인이라면 제일 근사하겠지만―난 그럴 수 없으니까―그 다음으로 근사한 일은 마음이 통하는 미인 친구를 두는 것이에요."

"하지만 누군가 아주머니 얼굴에 대고, 빼빼 마르고 볼품없이 생겼다는 말을 했다고 상상해보세요."

"집으로 돌아가는 건 기쁜 일이에요. 자기 집으로 정해진 곳으로 돌아가는 것 말이에요."

"역시 배리 할머니와는 마음이 잘 통해요. 겉으로 보기에는 그런 생각이 들지 않겠지만 그렇지 않아요. 매슈 아저씨와 마찬가지로 처음부터 금방 알아볼 수는 없었지만, 시간이 좀 지나면 알 수 있어요. 진심이 통하는 친구는 내가 예전에 생각했던 것처럼 비단 하나둘이 아니었어요. 이 세상에 많이 있다는 것을 알았어요. 참 기쁜 일이에요."

"올여름은 정말 신나게 지냈어요. 아마도 어린아이로는 마지막 여름일지도 모르지만요."

"그립고 아름다운 생각은 보석처럼 가슴에 잘 간직해두는 것이 근사해요."

"내가 퀸스 아카데미를 졸업할 때는 내 앞의 미래가 똑바로 펼쳐진 길이라고 생각했어요. 언제나 앞일까지 다 내다볼 수 있을 것 같았거든요. 하지만 지금은 모퉁이를 돌고 있어요. 모퉁이를 돌았을 때 무엇이 있을지는 알 수 없어요. 하지만 틀림없이 제일 좋은 것이 있을 거예요."

해의 동쪽, 달의 서쪽

《빨간 머리 앤》을 읽을 때마다 새로운 발견을 합니다.

이번에는 몽고메리가 갖고 있다는 '요정 나라의 여권'을 얻었습니다.
'요정 나라'는 어디에 있을까요?
몽고메리는 '해의 동쪽, 달의 서쪽'에 있다고 말합니다.

'해의 동쪽, 달의 서쪽'이라고? 지금까지 몽고메리의 독특한 표현이라고 여겼습니다만,
갑자기 마음에 걸려서 조사해보았습니다.

'해의 동쪽, 달의 서쪽'은 19세기 중반에 출판한
노르웨이 민화집에 실린 이야기에서 나왔습니다.
지금은 이와나미(岩派) 소년문고에 이 표현이 나옵니다.

마법에 걸려 어떤 성에 갇혀 있는
왕자를 찾아나서는 소녀의 이야기입니다.

왕자님의 성은
어디예요?

그 성은
해의 동쪽
달의 서쪽에
있단다.

누구에게 물어도 대답은 이것뿐이었지요.
'해의 동쪽, 달의 서쪽'이라는 어디에도 없는 곳에 몽고메리는 흠뻑 매력을 느낀 듯합니다.

'요정 나라의 여권'은 사실 누구나 갖고 있습니다.
여러분이 갖고 싶다고 생각하면 말이지요.
다만 그것은 비밀로 해두는 편이 좋겠지요.
인간의 세계에서는 좀 위험할지도 모르니까요.

이 책에 나오는
루시 모드 몽고메리의 책들

본문에서 다루는 몽고메리의 책 제목은 일본어 번역서의 제목이며 국내에 출간된 한국어 번역서와는 다를 수 있습니다. 본문에서는 원제목를 영문으로 병기하였습니다.

'앤' 시리즈

제1권 Anne of Green Gables
《빨간 머리 앤》, 김경미 옮김, 시공주니어, 2019
《그린게이블즈 빨강머리 앤 1 : 만남》, 김유경 옮김, 동서문화사, 2014
*이 외에도 다수의 번역서가 있음

제2권 Anne of Avonlea
《에이번리의 앤》, 김경미 옮김, 시공주니어, 2015

《그린게이블즈 빨강머리 앤 2 : 처녀 시절》, 김유경 옮김, 동서문화사, 2014

*이 외에도 다수의 번역서가 있음

제3권 Anne of the Island

《레드먼드의 앤》, 공경희 옮김, 시공주니어, 2015

《그린게이블즈 빨강머리 앤 3 : 첫사랑》, 김유경 옮김, 동서문화사, 2014

《프린스에드워드섬의 앤 – 빨간 머리 앤 3》, 유지화 옮김, 알에이치코리아, 2017(전
자책)

제4권 Anne of Windy Willows

《그린게이블즈 빨강머리 앤 4 : 약속》, 김유경 옮김, 동서문화사, 2014

《윈디 포플러의 앤 – 빨간 머리 앤 4》, 유지화 옮김, 알에이치코리아, 2017(전자책)

제5권 Anne's House of Dreams

《그린게이블즈 빨강머리 앤 5 : 웨딩드레스》, 김유경 옮김, 동서문화사, 2014

《앤의 꿈의 집 – 빨간 머리 앤 5》, 유지화 옮김, 알에이치코리아, 2017(전자책)

제6권 Anne of Ingleside

《그린게이블즈 빨강머리 앤 6 : 행복한 나날》, 김유경 옮김, 동서문화사, 2014

《잉글사이드의 앤 – 빨간 머리 앤 6》, 유지화 옮김, 알에이치코리아, 2017(전자책)

제7권 Rainbow Valley

《그린게이블즈 빨강머리 앤 7 : 무지개 골짜기》, 김유경 옮김, 동서문화사, 2014

《무지개 골짜기 – 빨간 머리 앤 7》, 유지화 옮김, 알에이치코리아, 2017(전자책)

제8권 Rilla of Ingleside

《그린게이블즈 빨강머리 앤 8 : 아들들 딸들》, 김유경 옮김, 동서문화사, 2014

《잉글사이드의 릴라 – 빨간 머리 앤 8》, 유지화 옮김, 알에이치코리아, 2017(전자책)

제9권 Chronicles of Avonlea

《그린게이블즈 빨강머리 앤 9 : 달이 가고 해가 가고》, 김유경 옮김, 동서문화사, 2014

제10권 Further Chronicles of Avonlea

《그린게이블즈 빨강머리 앤 10 : 언제까지나》, 김유경 옮김, 동서문화사, 2014

'에밀리' 시리즈

제1권 Emily of New Moon

《에밀리 초원의 빛》, 김유경 옮김, 동서문화사, 2004

제2권 Emily Climbs

《에밀리 영혼에 뜨는 별》, 김유경 옮김, 동서문화사, 2004

제3권 Emily's Quest

《에밀리 여자의 행복》, 김유경 옮김, 동서문화사 , 2004

'팻' 시리즈

제1권 Pat of Silver Bush

《패트 은빛숲의 집》, 김유경 옮김, 동서문화사, 2004

제2권 Mistress Pat

《패트 삶과 꿈》, 김유경 옮김, 동서문화사, 2004

루시 모드 몽고메리 자서전

The Alpine Path : The Story of My Career

《루시 모드 몽고메리 자서전》, 안기순 옮김, 고즈윈, 2007

《내 안의 빨강 머리 앤》, 황의웅 옮김, 랜덤하우스코리아, 2007

지은이_다카야나기 사치코高柳佐知子

삽화가이자 수필가, 아동문학 작가다. 1941년 사이타마현에서 태어났으며 도쿄의 여자미술대학을 졸업했다. 일본에서 출간된 '빨간 머리 앤 시리즈'는 물론 루시 모드 몽고메리의 여러 소설의 삽화를 그렸으며, 주요 저서 《엘프 씨의 가게(エルフさんの店)》, 《켈트 나라로 요정을 찾으러 떠나다(ケルトの国へ妖精を探しに)》, 《꿈꾸는 나이가 지났어도(夢みる頃をすぎても)》를 비롯해 많은 책을 출간했다. 빨간 머리 앤이 사는 '초록 지붕 집'을 닮은 초록색 지붕의 아틀리에에서 자연과 더불어 살며 그림을 그리고 있다.

옮긴이_김경원

서울대학교 인문대학 국문과를 졸업하고 동대학원에서 박사학위를 받았다. 일본 홋카이도대학 객원연구원을 지냈으며, 인하대 한국학연구소와 한양대 비교역사연구소에서 전임연구원을 역임했다. 동서문학상 평론부문 신인상을 수상한 후 문학평론가로도 활동했다. 현재는 이화여대 통역번역대학원에서 강의하고 있다. 저서로는 《국어 실력이 밥 먹여준다》(공저)가 있으며, 《가난뱅이의 역습》, 《경계에 선 여인들》, 《하루키 씨를 조심하세요》, 《우린 행복하려고 태어난 거야》, 《문학가라는 병》, 《단편적인 것의 사회학》, 《다부치 요시오, 숲에서 생활하다》 외에도 다수의 책을 번역했다.

빨간 머리 앤을 좋아합니다

초판 1쇄 인쇄 2019년 4월 8일 **초판 1쇄 발행** 2019년 4월 19일

지은이 다카야나기 사치코 **옮긴이** 김경원
펴낸이 연준혁

출판 2본부 이사 이진영
출판 9분사 분사장 김정희
책임편집 박혜정
디자인 함지현

펴낸곳 (주)위즈덤하우스 미디어그룹 **출판등록** 2000년 5월 23일 제13-1071호
주소 (410-380) 경기도 고양시 일산동구 정발산로 43-20 센트럴프라자 6층
전화 031)936-4000 **팩스** 031)903-3893 **홈페이지** www.wisdomhouse.co.kr

값 13,000원 **ISBN** 979-11-89938-69-7 03830

이 도서의 국립중앙도서관 출판예정도서목록(CIP)은 서지정보유통지원시스템 홈페이지(http://seoji.nl.go.kr)와 국가자료종합목록시스템(http://www.nl.go.kr/kolisnet)에서 이용하실 수 있습니다. (CIP제어번호 : CIP2019011774)